.

看，那些小丑！

LOOK AT THE HARLEQUINS! Vladimir Nabokov

弗拉基米尔·纳博科夫

吴其尧——译

上海译文出版社

Vladimir Nabokov
LOOK AT THE HARLEQUINS!

Copyright © 1974, Dmitri Nabokov

图字：09－2005－111号

图书在版编目（CIP）数据

看，那些小丑！：新版/（美）弗拉基米尔·纳博
科夫（Vladimir Nabokov）著；吴其尧译. —上海：
上海译文出版社，2021.6
（纳博科夫精选集.Ⅲ）
书名原文：Look at the Harlequins!
ISBN 978－7－5327－8758－6

Ⅰ. ①看… Ⅱ. ①弗… ②吴… Ⅲ. ①长篇小说－美
国－现代 Ⅳ. ①I712.45

中国版本图书馆CIP数据核字（2021）第093428号

看，那些小丑！ Look at the Harlequins!	Vladimir Nabokov 弗拉基米尔·纳博科夫 著 吴其尧 译	出版统筹 赵武平 责任编辑 邹 滢 装帧设计 山 川

上海译文出版社有限公司出版、发行
网址：www.yiwen.com.cn
200001 上海福建中路193号
江阴市机关印刷服务有限公司印刷

开本787×1092 1/32 印张8.75 插页5 字数129,000
2021年7月第1版 2021年7月第1次印刷

ISBN 978－7－5327－8758－6/I·5404
定价：75.00元

献给薇拉

叙述者的其他作品

俄文作品:

Tamara 《塔玛拉》1925

Pawn Takes Queen 《兵吃后》1927

Plenilune 《望月》1929

Camera Lucida(*Slaughter in the Sun*) 《投影描绘器》1931

The Red Top Hat 《红礼帽》1934

The Dare 《挑战》1950

英文作品:

See under Real 《见到真相》1939

Esmeralda and Her Parandrus 《埃斯梅拉达和她的帕兰德如斯》1941

Dr. Olga Repnin 《奥尔加·雷普宁博士》1946

Exile from Mayda 《逐出迈达》1947

A Kingdom by the Sea 《海滨王国》1962

Ardis 《阿迪斯》1970

第一部分

一

我相继有过三四个妻子，其中第一个，遇见她时的情形多少有些怪异，那过程仿佛一场拙劣的阴谋，细节如此荒谬，而主谋不仅对其真实目的茫然无知，还硬要采取明摆着不可能成功的愚蠢行动。正是由于这些错误，他不经意间织就一张网，又由于我本人造成的一系列失误，我最终深陷网中，听凭命运的摆布，而这正是这场阴谋的唯一目的。

那是我在剑桥大学的最后一年（一九二二年），春季学期中常有人向我"这个俄国人"咨询果戈理《钦差大臣》里演员化妆的细节问题，这部戏的英语版将由萤火虫剧团上演，团长艾弗·布莱克是一名出色的业余演员。他和我在三一学院受教于同一位导师，他反反复复模仿那老头儿装腔作势的样子——当我们在皮特俱乐部吃中饭的时候，他这表演一刻不曾停止，实在令我心烦意乱。关于正经事的讨论则更是无聊。艾弗·布莱克想让果戈理剧中的市长大人穿睡袍出场，因为："难道该剧不就是那个老流氓的一场噩梦吗？难道俄文剧名 Revizor 不正是从法文词 reve——'梦'衍变来的吗？"我答道，我认为这是个傻主意。

也许他们彩排过，但肯定没叫我去。事实上，如今我突然发现自己根本不知道他的戏最后有没有登台。

3

此后不久，我再次遇到艾弗·布莱克——是在某次聚会上，他还邀请我和其他五个人去蓝色海岸的别墅避暑，据他说那别墅是刚从一位老姑妈那儿继承来的。他当时喝得烂醉如泥，约一个星期之后，他即将离开的前一天晚上，当我提起那个热情洋溢的邀请，他大吃一惊，而不巧的是，那会儿只有我一个人接受了邀请。我们俩都是遭人嫌弃的孤儿，我说，我们应该团结。

一场疾病迫使我在英国多待了一个月，直到七月初我才给艾弗·布莱克寄了张明信片，客气地告诉他我将在下周抵达戛纳或尼斯。实际上我肯定提到抵达时间极有可能是周六下午。

从车站打电话显然是徒劳：电话一直占线，而我这种人也不可能有耐心待在一个地方作无谓的苦思冥想。但我的整个下午全给毁了，下午是我一天中最宝贵的时段。我刚踏上这次长途旅行时，曾自欺欺人地认为我精神不错；可这时我感觉糟透了。这样的季节，天气居然会阴暗潮湿。那些棕榈树，只有海市蜃楼中的看上去才对劲。不知什么原因，根本找不到出租车，简直像一场噩梦。最后我好不容易上了一辆臭气熏天的蓝色小巴士。这怪物沿着蜿蜒的公路，转了不知多少个弯道，停了不知多少个招呼站，终于将我送达目的地，前前后后共用了二十分钟——这时间足够我从海滨抄近路步行到这里了，这条近路的每一块石头、每一丛灌木，我很快就会铭记在心，就在这个神奇的夏天。而眼下这段痛苦的旅程绝无神奇可言！我之所以答应来这里，是希望能在"智慧的泪水"（贝内特？巴比利恩?）中治愈神经衰弱，避免精神错乱。我脑袋的左侧如今是一条痛苦的保龄球道。而右侧，一个婴儿正从前排座位上的母亲的肩头，向我射来两道空洞的目光。我旁边坐着个一袭黑衣、满脸赘肉的女人。车子在绿盈盈的大海和灰扑扑的石墙间摇晃，我强忍着终于没让自己吐出来。最后我们终于抵达卡纳封村（斑驳的法国梧桐、别致的茅舍、一所邮局、一座教堂），我的全部感觉都汇聚成一个金色的形象——皮箱里的那瓶威士忌，我准备带给艾弗的，发誓趁他没有发现就非要尝它一口。我向司机打听，但他置之不理，倒是在我前面下车的一位小个子牧师——他模样酷似乌龟，生就一双巨足——也不看我一眼，就指指一条横马路。艾丽斯别墅，他说，走三分钟就到。正当我拖起两个旅行包朝那条马路走去，不期而至的阳光突然照亮了前方的角落，而我那位假定的主人出现在对面的人行道上。我依然记得——虽说已经过去了半个世纪！——当时脑海里闪过一丝疑惑，不知我是否带对了衣服。只见他穿着高尔夫灯笼裤和布洛克鞋，却偏偏没穿袜子，露出一截粉红色的小腿，看着真叫人难受。他正准备去，或者说，假装正准备去邮局给我发电报，建议将这次旅行推迟至八月份，到那时他手上一份在戛尼斯的工作将不再会威胁到我们的狂欢聚会了。而且，他希望塞巴斯蒂安——鬼知道是谁——也许还会来参加葡萄或欧薄荷节。他咕哝着，从我手里接过那个小一些的旅行包——里面装着洗漱用品、药品以及一部即将完成的十四行诗集（最后交由巴黎的一家俄文流亡者杂志发表）。接着当我放下皮箱装烟斗的时候，他又伸手过来抓皮箱。之所以如此不厌其烦地记录这些细枝末节，我想是因为它们无意中预示着一桩重大事件。艾弗打破沉默，皱起眉头告诉我说他非常欢迎我来做客，但有一件事他在剑桥的时候就应该警告我。也许用不了一个星期，我就会因为某件伤心事而烦不胜烦。格伦特小姐——他以前的家庭教师，一个铁石心肠的聪明人——喜欢喋喋不休地说起他的小妹妹永远不会违反"孩子不准出声"的规矩，确实也永远不会听见这条规矩向任何人提及。那所谓伤心事就是他的妹妹——算了，也许，还是等我们和那些行李都好歹安顿下了，他再解释妹妹的事吧。

二

"你童年是怎么样的，麦克纳博？"（艾弗非要这样叫我，因为他觉得我看上去很像某个形容憔悴但还算英俊的演员，此人在生命最后几年或者至少是出名的最后几年一直用那个名字。）

极为残酷，难以忍受。这世上应该有一部自然或介乎自然间的法律来反对如此不人道的人生开端。若不是我的病态恐惧在十岁前后被更抽象、更陈腐的焦虑（诸如无限、永恒、身份等等问题）所取代，也许我早在找到节律之前就失去了理智。那不是因为什么小黑屋、单翼落难天使或者没有尽头的走廊，也和地上脏水坑里的梦魇魔镜无关——绝不是那种所谓卧室的恐怖，却更为可怕，那纯粹是某种不为人知的残忍，联系着其他生存状态，那些状态既不属于"过去"也非属于"未来"，对于凡人来说是绝对地无边无界。这样一种痛苦的联系，直到几十年之后我才有更多了解，所以"我们不要过早考虑"，就像死刑犯拒绝那块肮脏的蒙眼布时所说。

青春期的快乐令我暂时解脱。我逃过了自寻烦恼的阶段。感谢我那甜蜜的初恋，果园里的小女孩，种种探险的游戏——她分开五指，指尖缀着惊喜的珍珠。在我叔祖的私人剧院，家庭教师让我和他分享舞台上的纯情少女。两个淫荡少妇用蕾丝睡衣和女妖洛勒赖[1]的假发套把我打扮起来，让我睡在她俩中间，如同黄色小说里所写的"羞赧的小侄子"，而她们的丈夫刚打了野猪回来，正在隔壁房间里鼾声如雷。十一二岁的时候，我常去各地的亲戚家过暑假，灰蒙蒙的夏日天空，古老俄罗斯的深宅大院，我领略着数世纪前的盥洗室和闺房，领略着温柔的女仆和时髦的调情。总之，如果说我的幼年岁月有可能为某位幼儿心理学家提供什么学术论文素材，而使其树立一世英名，那么我的少年时代则将会、也确实为某位步入暮年的小说家献上大量色情段落，它们像烂李子、坏梨子一般遍布其所有作品。说真的，眼前这本回忆录的大部分价值在于它是一份分类目录，涵盖了我的俄文小说，尤其是英文小说里众多人物形象的家谱、血统以及有趣的出身情况。

我难得见到我父母。他们离婚、再婚、再离婚的速度快得惊人，假如我的命运监护人稍不留神，也许我已经被拍卖给了一对瑞典裔或苏格兰裔的陌生夫妇，看看他们那饥饿的眼神、悲哀的眼袋。一位不同寻常的姑婆，布雷多男爵夫人，天生的托尔斯泰，完全取代了更近的血亲。我当时不过七八岁，胸中却藏匿着不可救药的疯子的所有秘密，甚至在她（已属很不正常）看来，我都是萎靡懒惰的；实际上，我从来就是以极其出格的方式沉溺于白日梦中。

"振作些！"她喝道，"看那些小丑！"

1　Lorelei，德国神话中的女妖，相传出现在莱茵河岸岩石上，以优美的歌声诱惑船夫，使船只触礁沉没。

"什么小丑？在哪儿？"

"噢，到处都是。就在你身边。草木是小丑，文字是小丑。场景、数字都是小丑。把两件东西放在一起——玩笑、形象——就有了一个三料小丑。来吧！玩吧！虚构世界！虚构现实！"

我真这样做了。天哪，我真就这样做了。为了纪念最初的那些白日梦，我虚构了这位姑婆，而现如今，她正沿着记忆前廊的大理石台阶，颤颤巍巍地走来，侧着身子，侧着身子，可怜的跛脚夫人，用那黑色手杖的橡皮顶端触着每一级台阶的边缘。

［当她喊出"look at the harlequins"（看那些小丑）的时候，仿佛一行压迫得人喘不过气来的诗句从她那含混的唇齿间飞出，听上去像是由"lookaty"（看那些）——谐音"lickety"（极快的）——温文尔雅地引出"harlequins"（小丑），后者携着一股欢快的气氛到来，重音落在"har"上，充满激荡人心的忠告语气，随后滴落下金币般的音节。］

我十八岁的时候，布尔什维克革命爆发——我承认，这里使用不规则动词只是出于叙述节奏的需要[1]。童年时折磨我的精神错乱复发，因此这年冬天以及第二年春天的大部分时间我都不得不在皇村的皇家疗养院里度过。一九一八年七月，我住在远房亲戚波兰地主姆斯季斯拉夫·恰尔涅茨基（一八八〇年至

---

1 这里不规则动词指原文中的"struck"（爆发）。

约一九一九年）的宅邸，发现自己慢慢康复了。秋天的一个夜晚，可怜的姆斯季斯拉夫的小情妇告诉我一条小路，这条童话般的小路蜿蜒穿过一大片密林，在约翰三世（索别斯基）[1]统治时期，最后一头欧洲野牛就是在这片林子里死于第一代恰尔涅茨基的矛下。我踏上了这条小路，肩上背着小包，年轻的心里怀着自责和焦虑的恐惧——又何必隐瞒呢。在俄罗斯黑暗历史的最黑暗时刻抛下亲戚出走，我这样做对吗？我可知道如何在陌生国度独自生存？一个特别委员会（由姆斯季斯拉夫的父亲主持，他是一位受人尊敬但道德堕落的数学家）审核了一所合格学校的所有课程，颁给了我毕业证书，尽管我从未踏进过这个学校一步，但是单凭这张证书而没有参加可怕的入学考试，我能被剑桥大学录取吗？我跋涉了整整一个晚上，穿越月光布下的迷宫，想象着已灭绝的动物在林间窸窣徘徊。终于朝霞染红了我手中的旧地图。我觉得自己已经跨过了边界线，突然眼前冒出一个没戴帽子、长了张蒙古人面孔的红军士兵，他正在林中小径旁摘越橘。他从树枝上取下帽子，盘问我道："小家伙（yablochko），你这是去（kotishsya）哪儿？让我看看你的证件（Pokazyvay-ka dokumentiki）。"

我摸索着口袋，掏出了要找的东西；他猛地扑来，被我一枪打死；他扑面倒地，就好像在阅兵场上突然中暑，倒在了国王脚下。每一棵树都别过脸去，我赶紧逃走，手上还紧握达格

1　John Ⅲ（Sobieski）（1629—1696），波兰国王，与神圣罗马帝国缔约，击败土耳其人，解维也纳之围。

马拉给我的那把可爱的左轮手枪。直到半小时之后，当我最终到达森林另一端，进入一个多少有些传统的共和国时，我的小腿才停止了颤抖。

我在一些早忘记名字的德国和荷兰小镇游荡了一阵，最后跋山涉水进入英国。伦敦的伦勃朗旅舍就是我下一个落脚地。我藏在羊皮口袋里的两三颗小钻石比冰雹融化得更快。正当本书作者——当时还是一个自我流放的青年（摘自一则旧日记）——濒临一贫如洗之境，竟意外找到了一位赞助人，斯塔罗夫伯爵，这位庄重迂腐的共济会会员曾在广阔的国际交往舞台为多处俄罗斯驻外大使馆增添荣耀，一九一三年起便定居伦敦。他说起母语来字斟句酌，但也不排斥华丽随意的表达。不管怎么说他毫无幽默感。有个马耳他小伙子伺候他（我讨厌喝茶又不敢开口要白兰地）。尼基弗尔·尼科季莫维奇——他的教名和姓氏念起来像绕口令，据说他多年来一直仰慕我那位美貌而古怪的母亲。关于母亲的情况我主要是从一部满是陈词滥调的匿名回忆录中得知的。也许澎湃的激情是最方便的伪装，但另一方面，他对她那绅士般的忠诚足以解释他为什么要为我支付在英国的学费，并且在他一九二七年去世以后留给我一小笔津贴（革命毁了我们家族，同样也毁了他）。然而，我必须承认，当我看见他那临死时的双眼猛然射出光芒时，不由得非常不安，他的脸庞苍白而威严，是俄罗斯作家常常形容的"被仔细刮过（tshchatel'no vybritoe）"，那无疑是因为根据读者们（早就死了）的假想，父辈胡须的灵魂必须得到安葬。我尽量记录下这些质疑的片段，为的是探寻那位贵妇人的音容笑貌，他曾经握着她的手护送她登上折篷马车，等她坐稳并打开阳伞之后，才重重地挪进轻快的马车；但与此同时我又不禁要怀疑，我们这位大公是否果真摆脱了流行于当时所谓外交界高层的反常行为。尼·尼坐在安乐椅上，就像某部长篇小说中所写，一只肥胖的手搁在扶手上，另一只手，戴着图章戒指，碰了碰面前土耳其式桌子上一个鼻烟盒似的东西，其实那里面装着几颗止咳药球或者止咳露，淡紫色的、绿色的，还有，我想，珊瑚色的。应该补充说明的是，根据我后来得知的一些情况，对于他本人的任何猜测都是完全错误的，除了他对我以及另一个年轻人——此人的母亲是圣彼得堡一个声名狼藉的交际花，不喜欢折篷马车而喜欢电动马车——那种父亲般的关爱；不过那些药球却是确实无疑的。

三

回头说说卡纳封村，说说我的行李，以及拖着行李的艾弗·布莱克，他满脸痛苦，嘴里嘟囔着某个小角色的滑稽词儿。

太阳夺回了所有的控制力，这时候我们进入一个花园，一堵石墙和一排柏树将花园和道路隔开。一个碧绿的小池被具有象征意味的蝴蝶花所环绕，一座青蛙铜像占据着小池中央。枝叶虬曲的栎树下铺着一条石子小道，连接起两棵橘子树。草坪一端的一棵桉树用那条条缕缕的浓荫笼罩着树下的贵妃榻。这些完完整整的回忆并非为了炫耀，而只是一种重现美好过去的尝试，依靠的是几张安放在旧糖果盒里的陈年快照，盒盖上雕刻着百合花形纹章[1]。

"拖着两吨重的石头，"（用艾弗·布莱克的话说）爬上前门的三步台阶，可惜毫无用处：他忘了带备用钥匙，而星期六下午是不会有用人来应门的，之前他已经说过，无法用正常方式找到他妹妹，尽管她就在房子里的某个角落，十有八九她正在卧室里哭泣，每逢有客人来她都会如此，尤其是当客人来度周末，一直要住到星期二。于是我们绕到房子后面，穿过仙人球丛的时候，我胳臂上的雨衣被钩住了。我突然听到一种可怕的声音，仿佛野人的咆哮，便不由朝艾弗瞥了一眼，但这个狗杂种只不过咧嘴笑了笑。[1]

原来是一只靛青色的大金刚鹦鹉，腆着柠檬黄色的胸脯，面颊上嵌着白色条纹，躲在昏暗的后阳台里时不时嘎嘎叫着。艾弗叫它玛塔·哈里[2]，部分原因是它的口音，但主要是因为它的政治背景。他已故的姑妈温伯格夫人在一九一四年或一九一五年间——当时她已经有点老糊涂了——很喜欢这只不幸的老鹦鹉，据说它是被一个形迹可疑的陌生人抛弃的，那家伙戴着单片眼镜，脸上有条伤疤。它会说"喂""奥托""爸爸"，会的不算多，总使人联想到那是一个忧患重重的小家庭，流落在气候炎热的遥远异国。有时候我工作到深夜，思想的间谍不再传递情报，我就会感觉某个运动中的错字就像是一块淡而无味的饼干，被紧紧捏在鹦鹉那反应迟钝的爪子里。

我不记得是否在晚饭前就见到了艾丽斯（也许当我从盥洗室跑回来，犹疑不定地穿过楼梯口去我那间克己修行的房间时，瞥见她正背对着我站在楼梯边一扇污渍斑斑的窗前）。艾弗特地告诉过我，她是聋哑人而且很害羞，因此到现在都已经二十一岁了，还是没有学会读男人的唇语。这听上去很奇怪。我一直认为这种病症会将人幽闭在一个绝对安全的贝壳中，那贝壳透明牢固，如同打不碎的玻璃杯，里面不存在什么羞耻或

1　fleur-de-lis，法国王室的标志。

2　Mata Hari（1876—1917），荷兰舞女，名妓，因被控充当德国间谍在巴黎被捕后处死，现多用于泛指以美貌勾引男子、刺探军事秘密的女间谍。

虚假。兄妹俩以手语交谈，使用一套他们从小发明的字母，这套字母曾经过多次修改，现在运用的是些复杂可笑的手势，有点像哑剧里模仿各种物品的特征，而不是用象征。我创造了几个古怪动作来加入他们的交流，但艾弗严厉地要求我别装傻，因为她太过敏感。那整个场景（还有一个神情抑郁的老女仆，戛尼斯人，在一边乒乒乓乓地收拾碟子）完全属于另一种生活、另一本书，属于一个恍惚具有乱伦色彩的游戏世界，我未曾有意虚构的世界。

兄妹俩虽然矮小，但匀称优雅，两个年轻人都脱不了家族的外貌特征，不过艾弗相貌平平，淡茶色的头发，脸颊上几点雀斑，而她却是个美人，肤色黝黑，乌发齐耳，双眼清澈如蜜。我不记得第一次见面时她穿的什么，但我记得她裸露着纤细的双臂，每当她凭空勾勒着棕榈丛或水母出没的岛屿轮廓，我便分明觉得感官的刺激，而她哥哥却以愚不可及的旁白为我翻译她的手势。晚饭后我找到了报复的机会，艾弗去拿我的威士忌。在神圣的暮色中，我和艾丽斯站在阳台上。我点燃烟斗，艾丽斯臀部轻抵栏杆，用美人鱼起伏游动的手势——大约是模仿波浪——指点着沉沉群山间一道闪闪烁烁的海边渔火。突然身后客厅里的电话铃响了，她猛一转身——却立刻令人叹服地意识到了，沉着地收住急奔的动作而转成漫不经心的舞步。与此同时，艾弗已经滑过拼花地板抢到电话机前，得知了尼娜·莱切尔夫或者其他哪位邻居的需要。后来，当我和艾丽斯非常亲密了，我们还常常回忆当时那出人意料的情景，艾弗带来美酒，庆贺她神奇般的康复，而她竟当着他的面把细细的手指按在我手上：我正紧握栏杆站在那儿，故意做出憎恨的夸张表情，但是，可怜的傻瓜，却来不及用一个欧式吻手礼来接受她的道歉。

四

我的神经衰弱有一个常见症状，虽不是最严重，却是每次发作后最难恢复的，属于伦敦专家穆迪首次命名的"数字幻觉"综合征。他将我的病情收入了他最近再版的选集里。他的叙述充斥着可笑的胡说八道。"幻觉"一词毫无意义。"俄国贵族 N 先生"绝没有任何"衰退迹象"。他向这位愚昧的名人求诊时也不是"三十二"岁而是"二十二"岁。更糟糕的是，穆迪把我和一个所谓的 V. S. 先生混为一谈，在上述论文中，此君与其说充当了我的"幻觉"描述的附录，还不如说他的感觉入侵了我的感觉，两者从头到尾都被搅在一起了。该病的症状的确很难清楚描述，但比起穆迪教授以及与我同病相怜的那位又俗气又啰嗦的人物来，我自认为能够做得更出色。

病情最糟糕时是这样的：入睡后一小时左右（通常在深更半夜并借陈年蜂蜜酒或察吐士酒的小小协助）我会醒来进入暂时的疯狂状态。视线所及的某处暗淡光线会引发脑部剧痛，而无论好心的仆人如何周到，也尤论我如何小心翼翼地亲自遮严窗帘和落地百叶窗，总会留下该死的缝隙，使人为的灯光或自然的月光透入，当我从一场令人窒息的噩梦中惊醒，喘息着抬起头来，再微弱的光粒子也足以成为莫可名状的危险信号。光点穿过朦胧的缝隙，那意味深长的黑暗间隙尤其令人恐惧。光点的闪烁频率也许对应着我急速的心跳，或者从光学而言，与湿润睫毛的眨动有关，但其中的原理无关紧要；它之所以令人恐惧，乃是因为我于无助的痛苦中认识到竟如此愚蠢地未曾预见到这件事，而这件事注定会发生，它表现出一个预言式的问题，这问题必须解决，以免我一命呜呼，这问题本应已经解决，如果我事先考虑过，如果我在这一至关重要的时刻不是这样沉睡不醒、反应迟钝。这问题本身与算数有关：光点之间的关系必须测定，或者就我的现状而言，必须猜出来，因为我反应迟钝无法数清楚，更不用说要回想那个确切数字究竟是多少了。错误意味着立遭报应——被巨人甚或更凶恶的魔鬼砍去脑袋；相反，正确的猜想则能让我躲进魅惑之乡，要到达那里就必须挣扎出谜题的荆棘，越过深深的裂缝，那里的风景如田园般虚空抽象，雕刻着意蕴丰富的蔓叶图案——一条小溪（brook），一处丛林（bosquet）——那些形状诡异的大写字母，比如哥特体的 B，在陈年旧书中开启每一个章节，让孩子一看见就心惊胆战。但是当我身处迟钝与恐惧之中，又怎能悟到解决方法竟如此简单，又怎能悟到小溪、树枝（boughs）以及远方之美（beauty of the beyond），所有这一切都是以神（Being）的首字母开始的呢？

当然有的晚上理智会立即恢复，我重新拉好窗帘并很快入睡。但更多时候，更重要的时候，我感觉很坏，还会经受那贵人式的幻觉，不得不花上几小时才能彻底消除那种视觉痉挛，有时候就连日光都难以战胜它。我每到一个新的地方，第一天晚上总是无一例外地可怕，第二天就极为忧郁。我深受神经痛的折磨，我终日紧张不安，头上生出脓疱，脸上胡子拉碴，我不愿意陪布莱克兄妹去参加一个海滨聚会，尽管我本人也得到了，或者是据说也得到了邀请。实际上，在艾丽斯别墅最初几天的经历，在我的日记里被严重歪曲，在我的脑海里模糊不清，因此我实在不敢肯定艾弗和艾丽斯是否直到星期三或星期四才不见踪影的。不过有一点我记得很清楚，他们非常周到地为我预约了一位戛尼斯的医生。这次见面是一次极佳机会，以当地的有识之士来检验我那位伦敦的有识之士是何等无能。

和我见面的容克尔教授，是夫妻拍档。迄今为止两人合作行医已有三十年，每逢周日，夫妻俩在海滩上某个偏僻因而相当污秽的角落里互作分析。病人都认定他们每到周一就特别警惕，而我却没有之前以为的那样警惕，在酒吧里喝了个酩酊大醉，才赶到容克尔夫妇和其他医生居住的那个鄙陋的小地方。那地方的前门看上去还像样，四周都是花卉水果市场，可你再瞧瞧后门。开门迎接我的是那位女主人，又矮又胖又老，穿着长裤，这在一九二二年算得上大胆时髦了。这一主旋律在厕所（我得在里面装满一个小得可笑的药水瓶，那点容量对医生来说足够了，对我却不行）窗外继续，轻风拂过一条巷子，那巷子窄得勉强够三条长衬裤接连跳跨出三步。我对此发表了一番意见，还评论了诊室里的一扇彩色玻璃窗，窗上画着一位淡紫色女郎，和艾丽斯别墅楼梯上的那位简直一模一样。容克尔太太问我是喜欢男孩还是喜欢女孩，我环顾周围谨慎答道，我不知道她能提供什么。她没有笑。就诊并不成功。在诊断颚神经痛之前，她要我在头脑清醒的时候去看看牙医。就在街对面，她说。我记得她当时就打电话为我预约，却记不清是当天下午就去了还是等第二天才去的。牙医名叫莫尔纳（Molnar），其中那个 n 就像洞窟中的一颗沙砾；大约四十年后我在《海滨王国》中用到了他。

一个女孩——我以为是牙医的助手（但她的衣着打扮似乎太休闲了）——正跷着腿坐在走廊里打电话，挥了挥手指间的香烟，向我指指一扇门，根本没有放下电话。我走进一间沉闷寂静的房间。好位子都被占了。一个杂乱不堪的书架上方挂着一幅毫无新意的巨幅油画，高山湍流，一棵倒下的松树横亘其上。书架上的几本杂志已经在此前的诊疗时间里漫游到一张椭圆形桌子上，桌子上原本也堆了不少小东西，其中有一个空花瓶，一个手表大小的游戏盘。那是一个极小的圆形迷宫，装着五颗银豌豆，必须灵巧地转动手腕把豆子引入耳轮中心。是为候诊的孩子准备的。

没看见医生。角落里一张扶手椅上坐着一个胖子，腿上搁着一束康乃馨。一张棕色的沙发上坐着两个老太太——互不相识，因为她们之间保持着礼貌的距离。离她们稍远有一条铺着软垫的长凳，坐着一个文质彬彬的年轻人，也许是个小说家，手里握着一本小记录册，不时用铅笔逐条写着什么——大概是在描述他双眼溜到的各种东西——天花板、墙纸、油画以及窗边那个男人的毛茸茸的颈背，此人正背着手站着，目光越过随风招展的内衣，越过容克尔夫妇家厕所的淡紫色玻璃窗，越过屋顶和山丘，百无聊赖地落向远处的群山，我则百无聊赖地暗想，也许那棵枯松还在山里，横亘在画中的流水上。

突然房间另一头的门砰的被推开，一阵笑声传出，牙医走进来，满面红光，系着领结，一身不太合适却喜气洋洋的灰套装，佩着相当时髦的黑色臂章。然后是握手和祝贺。我开口提起预约的事，却被一位高贵的老妇人——我认出正是容克尔夫人——打断，说是她搞错了。与此同时，米兰达，也就是我刚刚见到的牙医女儿，将她舅舅手上的长枝康乃馨插进桌上一个插满花的花瓶，而桌子竟也奇迹般地铺上了桌布。在热烈的掌声中一个侍女把巨大的蛋糕端上桌子，夕阳红色的蛋糕上用奶油写着"50"的字样。"想得真周到！"鳏夫高声叫道。茶水送上，一些人团团坐着，一些人站着，手里都握着杯子。我听见艾丽斯在我耳边热情地警告说这是加了香料的苹果汁，不是酒，于是我举起的双手从托盘前缩回来，托盘子的是米兰达的未婚夫，我曾看见此人抽空核对嫁妆的一些细节。"我们没有想到你会来"，艾丽斯不小心说漏了嘴，因为这种 partie de plaisir[1] 我是不可能受邀出席的（"他们具有牢固而崇高的地位"）。不，我认为这里所列举的关于医生和牙医的模糊印象肯定大多被看作酒后午睡中的梦境。这一切已经在记录中得到

---

1 法语，欢乐的聚会。

证实。浏览随身日记中的最早记录，电话号码和人名从那些或真实或多少有些虚构的事件中推搡着挤出来，我发现梦境和其他扭曲"现实"的叙述都是用一种向左倾斜的特殊字体记录下来的——至少在早期日记中如此，而后来我不再遵照普遍采用的区别方法。在我进入剑桥之前，很多资料都显示了这类笔迹（但那个士兵确实倒在了国王的亡命之路上）。

五

我知道我一直被人叫做严肃的猫头鹰，但我确实讨厌恶作剧，也常常感到乏味（"只有毫无幽默感的人才会用这个词"，按照艾弗的说法），尤其对那些层出不穷的油滑侮辱和粗俗双关（"对于乏味的人，强硬胜过软弱"——还是艾弗说的）。不过，他是个好人，而且我真的不是因为不想听他的嘲弄才希望他平日经常不在家的。他在一家旅行社工作，旅行社经理是他的贝蒂姑妈的前任代理商，此人生性古怪，曾答应艾弗，如果表现不错就会给出一辆伊卡罗斯敞篷汽车作为奖励。

我的身体和书写很快恢复了正常，也逐渐适应了南方。我和艾丽斯常在花园里留连，一逛就是几个小时（她穿着黑色泳衣，我穿着法兰绒裤子和运动服），起先我很喜欢这样，而不愿去海边浴场，那时候海水浴，海滨的肉体还没有产生不可抗拒的诱惑。我为她翻译了几首普希金和莱蒙托夫的短诗，为了使效果更好，还特意做解释和润色。我详细告诉了她我逃离祖国的戏剧性场景。我提到了从前那些重要的流放。她像苔丝德蒙娜[1]那样听我讲述这一切。

"我想学俄语，"她婉转的语气中带着一丝意犹未尽的渴望，"我姑妈实际上就出生在基辅，到七十五岁上还记得一些俄语和罗马尼亚语的词汇，但我的语言能力却很糟糕。你们俄语里'桉树'（eucalypt）怎么说的？"

"Evkalipt."

"噢，可以给短篇小说里的人物取这个名字，很好听。'F. 克利普顿'。威尔斯小说里有个人物叫'斯努克斯先生（Mr. Snooks）'，就是从'七棵橡树'（Seven Oaks）来的。我崇拜威尔斯，你呢？"

我回答说他是我们这个时代最伟大的传奇作家和魔术师，但我无法忍受他作品中的社会学内容。

她也无法忍受。那我是否记得《热情的朋友们》[2] 中当斯蒂芬离开房间——那间中立的房间时说了什么？就是他最后一次被允许在这房间里和他的情妇相见的时候。

"我可以回答这个问题。房间里的家具都套上了套子，他说，'这是因为有苍蝇'。"

"对极了！妙极了，不是吗？这样说点什么是为了忍住不哭。让我想起老画师画模特儿的时候会在他手上加一只苍蝇，暗示这个人已经死了。"

我说我还是倾向于描述中的字面意思，而不是其背后的象征意义。她若有所思地点点头，但似乎并不以为然。

那么最受欢迎的现代诗人又是谁呢？豪斯曼[3] 怎么样？

1　Desdemona，莎士比亚所作悲剧《奥赛罗》中贞洁的女主角。

2　*My Passionate Friends*，英国作家 H. G. 威尔斯（1866—1946）1913 年发表的小说，讲述一个三角恋爱故事。

3　A. E. Housman（1859—1936），英国诗人，拉丁文学者，长期在剑桥大学担任拉丁文教授，曾出版诗集《最后的诗》等。

我远远地见过他好多次，还有一次离得很近，很普通。就在三一学院的图书馆。他站在那儿，手里捧着一本打开的书，眼睛却盯着天花板，仿佛在回想什么——也许，是其他人对那行诗的另一种译法。

她说她在那儿的话会"异常激动"。她说这几个字的时候，急切的小脸直往前伸，额前光滑的刘海随之快速颤动着。

"你应该现在激动才对！毕竟，我在这里，在这个一九二二年的夏季，在你哥哥的房子——"

"不对，"她说，又想避而不谈这件事（她的口气陡然一变，令我突然感到时间的重叠，仿佛在此之前、在此之后这情形都曾发生过）；"这是我的房子，贝蒂姑妈留给我的，还留了一些钱，但艾弗居然让我替他还那一大笔债，他不是太愚蠢就是太傲慢了。"

我谴责的征兆岂止是征兆。即便在当时，我不过二十出头，就已经相信到本世纪中叶我将成为一名著名的自由作家，生活在广受尊敬的自由俄国，在涅瓦河畔的英国人码头或者某处属于我自己的豪华庄园，撰写散文和诗歌，用先辈们留下的极富创造力的语言：这先辈中有托尔斯泰的一位姑婆以及普希金的两个酒肉朋友。成名的预感如思乡的陈酿一般醉人。这是逆向的回忆，湖边一棵优美的大橡树投映于清澈的水中，那倒影的树枝宛如壮丽的树根。我在我的脚趾、我的指尖、我的发丝中都感觉到这未来的盛名，如同有人在雷雨、雷鸣前歌手深沉的嗓音即将消逝的美感，在《李尔王》的一行台词中所感觉到的颤栗。当我召唤名声的幽灵时，五十年前我曾被它引诱，被它折磨，为什么泪水会模糊我的镜片？它的形象如此天真，它的形象如此真切，它与之后的现实如此不同，令我心碎得仿佛忍受分离的痛苦。

野心也好，荣耀也罢，都没有玷污异想天开的未来。俄罗斯科学院院长踩着柔缓的音乐，手捧置于衬垫上的花环朝我走来——又不得不咆哮着退去，当我摇了摇鬓发渐白的头。我看见自己在修改一部新小说的校样，这部新小说将改变俄罗斯文学风格的最终命运是理所当然的事——我的事（我没有任何自恋、任何自满、任何惊讶）——并在页边重写了小说的大部分内容——灵感在页边找到了最甜美的滋养——整部小说必须重新调整。当小说终于发表，已经姗姗来迟，我已经渐渐垂暮，也许会热心款待那几个阿谀谄媚的朋友，在心爱的马里沃庄园（在这里我第一次"看那些小丑"）的凉亭里，眺望那喷泉小道和伏尔加原始草原的迷人风光。一定会是这样。

在剑桥大学冰冷的床上，我遍览了整个俄罗斯新时期文学。我期待令人耳目一新的评论，期待心怀敌意但彬彬有礼的批评家在圣彼得堡的文学评论上，指责我对政治、对小人物的重要思想、对城市中心人口爆炸之类重大问题的病态冷漠。另一件有趣的事情是预想一伙骗子和傻子将如何谩骂微笑的大理石，并且出于嫉妒，出于自身的平庸而疯狂叫嚣，奔赴旅鼠[1]

1　Lemming，生活在北极地区，据说繁殖到极多数量时即向海边大迁徙，而多半淹死于海中，此即所谓"旅鼠的集体自杀"。

的命运，却又立刻从舞台对面悉数杀回，不仅误读了我的小说，甚至丧失了他们的啮齿类加大拉[1]。

遇到艾丽斯后我写了不少诗，都是关于她那些真实而独特的神态——当等待我参透她的笑话时，那高挑的双眉和微皱的前额，或者，当翻阅陶赫尼茨[2]版图书寻找想读给我听的段落时，前额所展示出的另一番全然不同的柔和表情。然而，我的技巧还是太迟钝太幼稚；它无法表达神圣的细节，于是她的眼睛、她的头发在我其他一些形式完美的诗节里无奈地变得如此笼统。

让我们坦率地说吧，所有冗长乏味的描述都不足以（尤其是那些不讲音律，直截了当用英语写成的）拿给艾丽斯看；此外，一种莫名其妙的羞涩感——这种感觉我以往追求女孩时从未有过，当时青春的肉体正生机勃勃地跃跃欲试——也使我不敢将那么一份罗列其妩媚的表格献给艾丽斯。不过，七月二十日夜里，我写了一首更晦涩更闪烁其词的俄语小诗，又费了更多时间译成英文，决定早饭时给她看。诗题——后来沿用此题发表在巴黎的一家流亡者日报上（一九二二年十月八日，为此我曾发出数封催告函和一封"盼复"的请求信）——在之后五十年的各种收录此诗的选集和全集里，一律是 Vlyublyonnost'

1　Gadara，典出《圣经·新约·马太福音》第8章第28节，鬼入猪群，致使整个猪群闯海而死。

2　Tauchnitz，德国印刷出版商，在莱比锡建立印刷厂，尤以印刷出版古典文学版本著称。

（恋爱），英语再简练，也需要三个单词来表达 [1]。

My zabyváem chto vlyublyónnost'

Ne prósto povorót litsá,

A pod kupávami bezdónnost',

Nochnáya pánika plovtsá.

Pokúda snítsya, snís', vlyublyónnost',

No probuzhdéniem ne múch',

I lúchshe nedogovoryónnost'

Chem éta shchél' i étot lúch.

Napomináyu chto vlyublyónnost'

Ne yáv', chto métiny ne té',

Chto mózhet-byt' potustorónnost'

Priotvorílas' v temnoté.

"真美，"艾丽斯说，"像在念咒语。是什么意思？"

"我把英译写在反面了。意思是这样的。我们忘记——或者说容易忘记——恋爱（vlyublyonnost'）不是取决于恋人的面部棱角 [2]，

1　三个单词，指 being in love。

2　facial angle，人类学用语，指由鼻孔至耳朵以及至额头的二直线所构成的角度。

而是取决于白睡莲下面一个深不可测的点，游泳者深夜的惊惶（第一节的最后一行，nochnáya pánika plovtsá，在这里正好被译为抑扬格四音步）。第二节：当美梦正酣——也就是'当形势正好'——必然一直梦见它出现在我们面前，vlyublyonnost'，但不要把我们唤醒，不要喋喋不休，那只会折磨我们：缄默远胜于那道裂缝、那道月光。现在来看这首哲理情诗的最后一节。"

"这首什么诗？"

"哲理情诗。Napomináyu，我提醒你，vlyublyonnost'不是什么清醒的现实，条纹也一样（比如被月光打出条纹的天花板，polosatyy ot luny potolok，和白天的天花板就不属于同一种现实），而且，也许，未来之门虚掩在黑暗中。Voilà[1]。"

"你的女朋友，"艾丽斯说，"和你在一起的时候一定很开心。啊，养活我们的人来了。Bonjour[2]，艾弗。恐怕酒都敬完了。我们觉得你已经走开好几个小时了。"

她将手掌捂住茶壶。而这写进了《阿迪斯》，这一切都写进了《阿迪斯》，我可怜的死去的爱人。

---

1 法语，就是这样。
2 法语，你好。

六

当我在世界各国的海滩、长凳、屋顶、岩石、码头、甲板、草坪、船舱和阳台上晒了五十年或一万个小时的日光浴之后，已经无法回想起初出茅庐时的细微感觉，幸好我那些旧日记保留了一个回忆过去的老学究关于疾病、婚姻和文学生涯的记述，这对他来说真是莫大的安慰。在海滨浴场的烈日下我趴在一块粗糙的浴巾上，艾丽斯跪在我身边低声细语，一边在我背上抹上厚厚的谢克尔防晒霜。我的前臂紧贴闭起的双眼，眼皮下游动着紫色的形影："太阳晒出散文般的水疱，迎来她诗一般的触摸——"随身日记是这样写的，不过年轻时的矫揉造作我现在可以再润色。她的双手滑过我的肩胛骨和脊椎，皮肤的瘙痒感，加上瘙痒所导致的某种荒谬的快感，令她的触摸几乎成为无法刻意模仿的刻意爱抚，甚至当她那灵巧的手指滑向我的尾骨，我竟难以抑制隐藏的反应，直到这最后的莫名兴奋慢慢消退。

"好啦，"艾丽斯说道，活脱脱是瓦奥莱特·麦克德在结束某种更为特殊的治疗时的语气。瓦奥莱特是我在剑桥时的情人之一，一个老练而悲天悯人的处女。

她，艾丽斯，也有过好几个情人，而此时当我睁开双眼朝她转过脸去，当我看见她，看见每一朵奔涌翻滚的浪花中，每一朵碧蓝的浪花中跳跃着的钻石，看见光滑的前滩上潮湿黝黑的鹅卵石，以及等待新泡沫到来的旧泡沫——哦，你瞧，又奔来一道高耸的波涛，仿佛马戏团里的白马驹并排跑来，当我看见她身处这样的背景，我突然意识到，有多少谄媚、有多少情人共同构成了我的艾丽斯，并使她臻于完美，看她那无瑕的肤色，那清晰坚定的颧骨轮廓，那优雅的颧骨凹处，以及一位狡猾的小调情者额头的那一绺鬖发。

"对了，"艾丽斯说着，将跪姿换成半横卧，双腿蜷在身子底下，"对了，我还没有向你道歉呢，对你那首诗说了些悲观的话。我现在已经把你那首《恋爱》反复读了一百遍，既读英语的，理解内容，又读俄语的，体会乐感。我觉得它绝对是一首神圣的诗。你能原谅我吗？"

我噘起嘴唇想亲吻身旁那双美丽的棕色膝盖，她却伸出手来，像试孩子体温似的摸摸我的前额，不让我靠近。

"有无数双眼睛在监视我们，"她说，"它们好像哪儿都看，就是不看我们这边。在我右边——大概二十步之外吧——有两个好心的中学英语教师，他们已经告诉过我你的样子和鲁珀特·布鲁克露出脖子的那张照片 a-houri-sang[1] 相似——他们会一点法语。如果你还想亲我，或者亲我的腿，我就只能请求你离开。生活已经让我受够了伤害。"

接着是一阵沉默。美丽来自石英颗粒。当一个女孩说出话

1　这是发音不标准的法语，正确的应为 ahurissant，惊人地。

来就像中篇小说，你只需要一点耐心就够了。

我把那首诗寄给了那份流亡者报纸了吗？还没有；我的十四行诗集必须先寄出去。在我左边有两个人（压低声音）是我流亡国外的同胞，根据一些细节特征判断。"是的，"艾丽斯表示同意，"你开始朗诵普希金那首海浪爱慕地匍匐在她脚下的诗，他们几乎都要站起来仔细听了。还有其他迹象吗？"

"那个男的眼望着地平线，一边非常缓慢地从上到下不停地抚摸胡子；那个女的用硬纸板烟嘴抽烟。"

还有一个十来岁的小女孩，怀里抱着一个大大的黄色沙滩球，身上除了花边背带和短褶裙之外，似乎什么都没穿，裙子底下露出一双长腿。她就是那种后一个时代所谓的"性感少女"。当她瞥见我在看她，便从她那棕色刘海下面越过我们的遮阳伞递来一个甜美而淫荡的微笑。

"我十一二岁的时候，"艾丽斯说，"长得就像那个法国孤儿一样漂亮。那个穿着一身黑、坐在塑料布上织毛衣的，是她奶奶。我让那些臭烘烘的先生们抚摸我。我和艾弗玩不体面的游戏——噢，没什么很特别的，不过他现在喜欢先生而不喜欢女士了——至少他自己这么说。"

她提起她父母的一些事，两人竟然非常凑巧地死在同一天，她早上七点死于纽约，他中午死于伦敦，就在两年前。战后不久他们就分手了。她是美国人，很可怕。你不会这样说自己母亲，但她确实很可怕。爸爸去世时是塞缪尔水泥公司的副总裁。他出身受人尊敬的家庭而且拥有"良好的关系"。我问艾丽斯，艾弗到底对"社会"怀有怎样的怨恨而"社会"又对他怀有怎样的怨恨？她含含糊糊地回答说他不喜欢"猎狐阶层"和"游艇族"。我说只有市侩才会用这种讨厌的陈词滥调。在我的阶层，在我的世界，在我童年时富庶的俄罗斯，我们完全超越了任何"阶级"的概念，所以每当读到"日本男爵"或者"新英格兰贵族"的时候，我们只会哈哈大笑或者打呵欠。而奇怪的是，艾弗竟然不再胡闹，还变成了一个严肃、正常的人，只要当他又搬出那套老掉牙的得意论调，痛骂英国"上层阶级"——尤其是他们的口音。对此我很反对，那是一种高尚的语言，胜过最美的巴黎法语，甚至胜过彼得堡人的俄语；如同抑扬顿挫、悦耳动听的马嘶，其实他本人和艾丽斯平常说话时都在惟妙惟肖地模仿这种英语，当他们不是存心取笑一个毫无恶意的外国人说的那种做作或过时的英语时，虽然无疑他们自己没有意识到。顺便问一下，那个古铜色皮肤、长着灰白胸毛、由一只脏兮兮的狗带着冲浪的老头儿是哪国人——我觉得他很眼熟。

她回答道，那是坎纳，了不起的钢琴家，猎艳高手，每一根广告柱上都有他的照片和名字。她准备搞到至少两场他的音乐会门票；那儿，他的狗抖干身子的地方，六月里几乎总是闲着，P 家（高贵古老的家族）就在那儿晒太阳，还假装不认识艾弗，而实际上艾弗在三一学院就认识小 L. P.。他们现如今已经搬到那儿去住了。这下更像上层阶级了。看到那个橘黄色的点了吗？那是他们家的海滨浴室。米拉纳宫酒店脚下。我一言不发，不过我也认识那小 P，我不喜欢他。

就在那天。在米拉纳男洗手间里撞见他。受到热情欢迎。我愿意见见他的妹妹吗？明天星期几？星期六。建议他们明天下午步行到维多利亚庄园脚下。在你右边一个像小海湾的地方。我和几个朋友一起住在那里。你肯定认识艾弗·布莱克的。小P准时前来，带着他那位四肢修长的可爱妹妹。艾弗——相当无礼。起来，艾丽斯，你忘了我们要和拉帕洛维奇、奇切里尼一起喝茶的。诸如此类。愚蠢的宿怨。莉迪亚·P.大笑着尖叫起来。

当我被晒成了熟龙虾时，我发现了防晒霜的神奇效果，我就将那条保守的 caleçon de bain[1] 换成了一条更短的（这种短裤当时在较严格的乐园里还是被禁止的）。推迟更衣导致晒黑程度出现奇异的区别。记得我溜进艾丽斯的房间，站在一面全身镜前——家里只有这一面——凝视自己的身体，那天上午她约好去美容院，我打电话去确认她就在那儿而不是在某个情人的怀抱。除了一个擦洗栏杆的普罗旺斯男孩，周围一个人都没有，这使我得以沉浸在我最原始、最出格的乐趣中：赤身裸体地在陌生人家里走动。

全身形象真谈不上尽善尽美，而是包含了某种对镜子而言并非不相称的轻率成分和异域野兽的中古图像。我的脸呈棕色，躯干和手臂呈淡褐色，淡褐色被一条洋红色腰带截断，紧接着是一片尖头朝下的白色区域，略呈三角形，两侧夹着冗赘

1　法语，男式游泳裤。

的淡褐色，而（由于我整天穿短裤）双腿和脸一样呈棕色。白色的腹部被压出可怕的花纹，以前未加注意的丑陋，男人身上的动物园，一大块对称的动物特质，大象的长鼻，成双的海胆，幼年的猩猩，背对众人紧贴住我的下腹。

一阵警告性痉挛迅速传遍我的神经系统。我那无法治愈的神经痛，那"剥了皮的意识"，仿佛魔鬼一般将我的小丑们推向一边。我立刻开始在情人的这间弥漫薰衣草香味的卧室里寻求紧急救援，借助那些小饰品分散注意力：一个染成蓝紫色的玩具熊，一本古怪的法国小说（《在斯旺家那边》），是我买来送她的，一摞新洗的亚麻布整齐堆在柳条篮子里，一帧两个女孩的彩照镶在精美镜框里，歪歪斜斜地写着"克瑞西达女士和她可爱的内尔，剑桥一九一九年"；我错以为前者就是艾丽斯戴着金色假发，化着粉色妆容；可凑近了仔细一看才发现是艾弗，他在某出有瑕疵的莎士比亚滑稽剧里扮演那个跑进跑出惹人讨厌的女孩。但这时候，摩涅莫绪涅[1]的彩印投影仪也会令人心烦。

此刻那个普罗旺斯男孩正在音乐室里擦拭贝希斯坦因钢琴键上的灰尘，发出刺耳的声响，而我也兴味索然地继续我的裸体主义漫步。他问我"霍拉舞曲"听起来像什么？我抬起手腕转动了几下，只露了露手表和表链留下的痕迹。他完全误解了我的手势，摇摇他那愚蠢的脑袋，转身走了。这是一个充满了

1　Mnemosyne，希腊神话中的记忆女神。

错误和失败的早上。

我去食品储藏室，想喝一两杯葡萄酒，苦恼的时候没有比这更好的早餐了。我在走廊上踩到一块陶器碎片（昨晚我们就听见陶器打碎的声音），嘴里骂了一声，单脚跳着，想查看脚底中央的想象中的伤口。

我之前见过的红葡萄酒还好好地放在那儿，但我在哪个抽屉里都找不到开瓶塞的起子。在一片砰砰的响声中能听见金刚鹦鹉那粗野凄凉的叫声。邮差来了又走了。《新曙光》（*Novaya Zarya*）的编辑担心（可恶的胆小鬼，那些编辑）他那份"小小的流亡者投资 (nachinanie)"不能做到，等等等等——好一个令人扫兴的"等等"，一下子进了垃圾筒。没喝到一口酒，怀了一肚子怒气，腋下夹起艾弗的《泰晤士报》，我拖着鞋爬上后楼梯回到自己闷热的房间。脑子里的骚动已经开始。

我把头埋在枕头里恸哭，就在那时，我下定决心明天去求婚，并向她袒露心迹，即使那坦白可能会使我的艾丽斯拒绝我的求婚。

七

如果你从我们花园门前顺着柏油马路朝东眺望大约二百步之外的村庄，透过一片豹纹般斑驳的树荫，就能看见四四方方一座粉红色的小邮局，门前摆着绿色长凳，上方飘着旗帜，所有这些都带着彩色幻灯片一般凝滞的亮度，两侧各有一棵悬铃木，是路边两排整齐树列的最后两棵。

柏油路右侧（南面）是一条小沟，垂满荆棘，透过一棵棵斑驳的树干可以望见一畦畦薰衣草或紫花苜蓿，更远处，公墓的白色矮墙与我们这条马路平行伸展，那景象显得如此顺理成章。马路左侧（北面），透过同样的树干可以望见广阔的高地，一座葡萄园，遥远的农场，成片的松林，以及群山的轮廓。在这一侧倒数第二棵树干上，不知谁贴了一张不知所云的告示，又不知被谁撕去一半。

我们几乎每天早上都要走这条马路，我和艾丽斯到村庄广场后，再抄近路去戛尼斯和海边。她也时不时喜欢步行回家，她是那种娇小但很强健的女孩儿，会跨栏、打曲棍球、攀岩，然后再跳西迷舞跳到疯（"do bezúmnogo blédnogo chása"——引自我直接写给她的第一首诗）。她通常在窄小的泳衣外面罩一袭半透明的"印度式"长裙，而我紧随其后，感觉到那种孤独、那种安全、那种无所不包的梦境，在这兽性状态下有些趔趔难行。幸亏阻止我的并非这种不甚稳妥的孤独，而是出于道德考虑的决定，我决定在向她求爱之前坦白某个严重的问题。

从悬崖边俯瞰，脚下的大海荡漾着一片粼粼波光，而且，由于距离和高度的缘故，层层涌起的泡沫线正以相当缓慢的速度到来，因为我们知道它确信自己步伐雄壮，如我们所确信的那样，而此刻，看它那种节制、那种庄严……

突然从我们周围自然杂乱的环境中传来一声咆哮，仿佛充满怪异的狂喜。

"天哪，"艾丽斯叫道，"真希望那不是坎纳剧团里的快乐逃犯。"（和钢琴家无关——至少，听上去如此。）

我们继续向前走，现在是肩并肩了：马路穿过第一条环线大道（之后还有好几条）后就变宽了。那天和平时一样，对于我认识的一些植物的英文名字，我又和艾丽斯争论起来——岩生蔷薇和盛开的格丽塞尔达花，龙舌兰（agaves）（她称之为centuries[1]），金雀花和大戟，桃金娘和杨梅。带斑点的蝴蝶飞来飞去，就像偶尔落在树叶上、稍纵即逝的太阳光点，有一次看见一只淡绿色的大家伙，身子下端带着一抹玫瑰色，在蓟头上停留了一会儿。我对蝴蝶一无所知，也确实不喜欢毛茸茸的夜行动物，甚至讨厌它们碰我：即便是最漂亮的蝴蝶也会让我恶心得浑身哆嗦，就像飘在空中的蜘蛛网或里维埃拉海滨浴室

---

1 也是龙舌兰。

里的臭虫，那种银虱。

此时回想起的那一天之所以难忘，是因为发生了一件重要的事情，而同时也附着了种种琐事，就像带着芒刺的种子，就像海底寄生物的硬壳，那一天我们发现一张扑蝶的网兜在开满野花的岩丛中移动，很快老坎纳露面了，巴拿马草帽在背心纽扣带上晃动，白发在红色额头飞动，而他整个人还在散发着狂喜，我们在一分钟前听到的无疑就是那狂喜的回声。

艾丽斯立即向他描述了那只漂亮的绿色大家伙，坎纳却轻蔑地称之为"潘多拉"（至少我当时就是这样记下来的），再普通不过的南方 Falter（蝴蝶）。"Aber（不过），"他举起一根食指，喝道，"如果你想见识真正的珍稀品种，在低奥地利以西从没有被发现过，那么我可以让你看看我刚刚抓到的。"

他把网兜靠在一块岩石上（网兜随即倒地，被艾丽斯满怀崇敬地扶起），连连道谢（向普绪客[1]？向撒旦？向艾丽斯？）声越来越低，从背包隔层里取出一个盖过邮戳的小信封，轻轻抖出一只翅膀折叠的蝴蝶捧在手掌上。

艾丽斯看了一眼便告诉他这不过是一只小小的纹白幼蝶。（她有一种理论，认为苍蝇之类的都会成长。）

"现在看仔细了，"坎纳故意不理她的怪话，拈起一枚小镊子指着三角形的昆虫说道。"你只见到了背面——左 Vorderflügel（前翼）下的白色和左 Hinterflügel（后翼）下的黄

---

1 Psyche，希腊罗马神话中爱神丘比特钟情的美少女，灵魂的化身。

色。我不会把翅膀打开，但我认为你会相信我说的话。在你看不到的正面，这个品种和它最近的亲属——小白蝶和曼氏白蝶，它们在这里很常见—— 一样，前翼都有独特的小斑点，雄蝶身上是黑色句点，雌蝶身上是黑色 Doppelpunkt（冒号）。它亲属身上的标点出现在翅膀下方，而只有你眼前这个在我手心叠起来的品种，翅膀下方是空的——自然界的印刷变异！Ergo[1] 这是一种补充。"

平卧着的蝴蝶突然抽动起一条腿。

"哎，还活着！"艾丽斯惊叫道。

"不，它飞不走——只要一捏就够了，"坎纳安慰道，一边让蝴蝶滑回它那透明的地狱；然后以胜利的姿态挥一挥手臂和网兜向我们告别，继续往上攀登。

"残忍！"艾丽斯喊道。受他折磨的千百种小生命让她忧思百转，但几天后，艾弗带我们去听这家伙的音乐会（对格林伯格组曲《城堡》的演绎极富诗意），她哥哥一句轻蔑的评论让她感到些许安慰："蝴蝶的事儿不过是吸引大众的噱头。"唉，同样是疯子，我知道得更清楚。

到达我们的海滨浴场属地，为了吸收阳光我只要脱掉衬衫、短裤和跑鞋就行了。艾丽斯抖落长裙，光着四肢，躺在我身边的浴巾上。我将那篇准备好的演说词默念了一遍。今天和钢琴家的狗在一起的是一位体态健美的老妇人，他的第四任妻

---

1 德语，因此。

子。两个笨蛋小子正将那位性感少女埋进发烫的沙堆。那位俄罗斯夫人在读一份流亡者报纸。她的丈夫正沉吟着眺望地平线。两个英国女人在炫目的海水中漂游。一个法国大家庭，看上去都是些微微晒红的白化病人，正在给一个橡皮海豚充气。

"我想去泡一泡。"艾丽斯说道。

她从沙滩包（由维多利亚庄园的门卫保管）里取出黄色泳帽，然后我们把浴巾等移到一个相对安静的废弃码头上，游完泳她喜欢在那里晒干。

我年纪轻轻就经历过两次全身痉挛——身体闪电般错乱，每次发作我都像是陷入深不可测的水中，恐怖而黑暗。我记得十五岁那年和一个体格健壮的表哥在黄昏时游过一条狭窄但很深的河流。他渐渐把我甩远，于是我加紧用力，竟产生了一种无法形容的极度兴奋，奇迹般地向前推进，梦想着架子上的梦想奖品——但是，当这种兴奋达到恶魔般的高潮，就立刻被一种难以忍受的痉挛所取代，首先击中我的一条腿，然后是另一条腿，最后是肋骨和双臂。之后几年，我经常努力想让那些满腹学问、冷嘲热讽的大夫明白这类奇异、恐怖、分段发作的阵痛，它使我变成一条大虫，四肢因为接二连三的疼痛折磨而蜷缩。非常侥幸，恰好有一个陌生人就游在我身后，将我从纠缠盘绕的睡莲深渊中拖了出来。

第二次是一年后，在西高加索海岸。我和十几个昔日好友一起在区长儿子的生日宴会上喝酒，到了半夜时分，一个活跃的年轻英国人艾伦·安多弗顿（他将在一九三九年前后成为我的第一个英国出版商！）建议去月下游泳。只要我不冒险在海里游得太远，那似乎还是一种非常愉快的体验。海水很暖；我将生平第一套晚礼服铺在布满沙砾的海滩上，月光仁慈地洒在浆硬的衬衫上。我听见身边兴奋的喊声；记得艾伦连衣服都懒得脱，在波涛中耍弄一个香槟酒瓶；但很快乌云就吞没了一切，巨浪将我抛起，我立刻浑身不适，甚至分不清自己在往雅尔塔游还是往图阿普谢游。可怕的恐惧立即释放出我早已熟悉的痛苦，要不是巨浪将我猛然举起，恰好扔到自己的裤子旁边，我恐怕已经淹死在那里了。

这些不愉快的苍白回忆（人类的危险总显得苍白）所留下的阴影始终会在我和艾丽斯"泡一泡""玩玩水"（她用的另一个词）的时候出现。她知道我这个习惯，待在浅滩上会更舒服一些，她自己则以"爬行式"（在一九二〇年代人们恐怕就是如此称呼那种伸出手臂划水的姿势）划出很远；但那天早上我险些做了一件大蠢事。

我沿着海岸缓缓来回漂游，不时伸出脚趾试探，看能否触到底部淤泥以及那些摸上去很恶心但总的说来并不危险的植物，突然我发现海面上起了变化。不很远处，一艘褐色摩托艇由一个小伙子（我认出是 L. P.）驾驶着画出一道泡沫浮泛的弧线，停在艾丽斯身边。她将身子靠在明晃晃的船沿，他和她说了几句话，便似乎要将她拖上船去，但她猛然挣开，而他则大笑着疾驶而去。

这一切肯定持续了好几分钟，但假如这个长着鹰钩鼻子、身穿绞花毛衣的流氓多待上几秒钟，假如我的女友竟被这个新护花使者绑架，我就彻底完了；看到眼前的情景，某种男性本能压倒了自我保护意识，使我不知不觉中朝他们的方向游出好几码，然后当我直起身子换气时，发现脚下除了水一无所有。我转身向岸边游去——此时已有不祥之感，痉挛将至时莫可名状的怪异感觉将我攫住，并和重力达成了死亡契约。刹那间福祉降临，我的膝盖撞上了沙子，借着和缓的逆流，我四肢用力爬上了海滩。

八

"我有事要向你坦白,艾丽斯,关于我的心理状况。"

"等一会。得先把这可恶的东西扒下来——尽量——尽量往下,只要别太过分。"

我们躺在码头上,我仰卧,她俯卧。她已经扯下泳帽,正在挣扎着卸掉湿透了的泳衣肩带,好将整个后背暴露在阳光下;而侧面另有小小的挣扎正在进行,在幽黑的腋窝,在乳房与肋骨间柔嫩的联结点,因避免露出白皙小巧的乳房而做的徒劳挣扎。当她扭动的身体终于达到舒适得体的状态之后,她半抬起身,抓住黑色胸衣挡在胸前,另一只手迅速轻巧得仿佛猴子抓东西,就像女孩子常做的那样在包里摸索——这回是一包淡紫色包装的廉价萨朗波烟和一只昂贵的打火机;然后她重新将胸脯压在铺开的浴巾上。她那红艳艳的耳垂,穿透了奔放的"美杜莎"式(二十年代早期如此称呼这种奔放的短发型)乌发。棕色脊背的线条,左肩胛骨下的美人斑,修长的脊椎沟,弥补了动物进化的一切缺陷,令我无比痛苦地难以履行早先的决定,向她做一个关系重大的特殊坦白。几滴碧蓝的水珠依然在她棕色的大腿下侧和强健的小腿上闪闪发光,几颗湿漉漉的沙砾粘在棕色的脚踝上。如果说我在美国小说(《海滨王国》《阿迪斯》)中反复描述女孩儿脊背具有令人难以抗拒的魔力,那主要是因为我爱上了艾丽斯。她那小巧紧实的臀部，在她身上绽放的那种最令人焦灼、最丰满、最甜美的童稚之美，如同圣诞树下尚未打开的惊喜礼物。

经过一番小忙乱，艾丽斯重新在阳光下躺稳。她噘起丰满的下唇，吐出一口烟，开口说道："你的心理状况良好，我觉得。有时候你有点古怪，有点忧郁，还常常做蠢事，但这正是 ce qu'on appelle[1] 天才的性格。"

"你以为什么才是'天才'？"

"嗯，能看见别人看不见的东西，或者是事物之间看不见的联系。"

"我想说的是一种和天才毫无关系的小小病态。先让我们举一个具体例子和真实场景吧。请暂时闭上双眼。现在想象一下从邮局到你家别墅的那段马路。你是否看见远处的悬铃木逐渐汇聚而尽头的两棵树之间正是花园大门？"

"不是，"艾丽斯回答道，"尽头右边是路灯柱——你站在村庄广场上很难看清楚——但那确实是缠满常春藤的路灯柱。"

"好吧，没关系。关键是想象我们正从村庄这里朝花园大门那里看过去。这儿我们必须留神这里和那里。目前的'那里'是那扇半开的大门里一方绿色的阳光。我们现在开始沿着马路走。在右侧第二棵树干上我们发现了一张当地告示留下的痕迹……"

1　法语，所谓。

"是艾弗的告示。他宣布情况已经变化，贝蒂姑妈的代理商应当停止周访。"

"好极了。我们继续朝花园大门走。悬铃木将马路两侧的风景分割成一段一段。在你右边——请闭上眼睛，这样你会看得更清楚——在你右边有一个葡萄园；在你左边，有一个墓地——你能看见一道长长的矮墙，非常，非常低矮的墙……"

"你把墓地说得太恐怖了。我想补充几句。我和艾弗在黑莓丛里发现了一块变形的旧墓碑，上面刻着：安息吧，梅多尔！只有死亡日期，一八八九年；肯定是一只捡来的狗。就在左边最后那棵树的前面。"

"现在我们来到花园门口。我们准备进去——可你突然停下来：你忘了给集邮册买几张漂亮的新邮票了。我们决定折回邮局。"

"我可以把眼睛睁开了吗？我怕自己快睡着了。"

"恰恰相反：现在你应该紧紧闭上眼睛，集中全部注意力。我要你想象自己转动脚跟，于是'右边'立刻变成'左边'，'这里'立刻变成'那里'，现在路灯柱到了你左边，而死去的梅多尔则在你右边，两侧的悬铃木向邮局聚焦。你能想象得出么？"

"好了，"艾丽斯说道，"后转完毕。现在我面朝一个洒满阳光的小孔，那里有一幢粉红色的小屋和一小片蓝天。我们可以开始往回走了吗？"

"你可以，我不能！这就是为什么要做这个实验。在现实生活中，我能够和所有人一样就那么迅速转身。但在心理上，当我双眼紧闭、身体不动的时候，却不能够从一个方向转入另一个方向。我大脑里的某个旋转细胞失灵了。当然，我可以骗人，不去理会呈现在头脑中的一侧景象，而是轻松地选取另一侧景象作为我走回出发点时看到的风景。但如果我不骗人，并且一味坚持，那么某种可怕的障碍将令我陷入疯狂，使我无法想象直接后转所导致的变化。我被压垮了，当我努力想象自己转身，努力将'左'转变成'右'转，将'右'变成'左'的时候，我仿佛背负着整个世界。"

我以为她已经睡着了，然而，正当我以为她没听见也不理解是什么正在将我慢慢摧毁，她却调整了一下肩带，翻身坐起。

"首先，"她说道，"我们应当取消所有此类实验。其次，我们应当告诉自己我们所做的一切只是为了解开一个愚蠢的哲学谜语——比如当我们不在，当没有人在看，在纯粹的空间里，'右'和'左'意味着什么，而空间又是什么；小时候我以为所谓空间就是零、任何一个零的内部，我用粉笔在石板上画一个零，也许画得不怎么漂亮，但依然是一个完整的零。我不希望你发疯，也不希望你逼得我发疯，因为那些困惑是会传染的，所以我们应当把在路上转身这件事彻底抛开。我希望用一个吻来锁定我们的协议，但我们不得不推迟。过几分钟艾弗就会来带我们坐他的新车去兜风，但也许你不愿意一起去，所以我建议我们在花园里碰头，就一会儿，在晚饭前，趁他洗澡的时候。"

我问她，在我梦里鲍勃（L. P.）跟她说了什么。"那不是梦，"她说道，"他只是想知道他妹妹是否来过电话，他们想要我们三个去参加舞会。如果她打过，那肯定是在家里没人的时候。"

我们去维多利亚酒吧喝酒吃点心，艾弗也很快来了。他说——全是些胡扯，在舞台上他能够潇洒地跳舞、击剑，但处理私事却是十足的笨熊，而且也绝不愿意天真的妹妹受到任何来路不明的外国阔佬骚扰。

"顺便说说，"他补充道，"我不太喜欢 P 对放高利贷者那么着迷。他已经毁了剑桥最优秀的人物，不过除了传统意义上的邪恶，他们的事也没什么值得再提的。"

"我哥哥很有意思，"艾丽斯开玩笑似的对我说道，"他隐藏我们的家世，就像隐藏财宝一样，而如果有人称某人是夏洛克，他就会当众大发雷霆。"

艾弗继续胡扯道："老莫利斯（他的雇主）今天晚上和我们一起吃饭。冷盘肉片加朗姆酒什锦菜。我还要去英国商店买些罐装芦笋；那要比这儿种的好得多。虽然车子不是劳斯莱斯，但也会滚[1]。很遗憾，薇薇安不舒服不能来。今天早上我见到了玛奇·蒂瑟里奇，她说法国记者把她的姓读成了 'Si c'est riche'[2]。今天谁也没笑。"

1　Rolls Royce（劳斯莱斯）与 rolls（滚动）谐音。
2　法语，和"蒂瑟里奇"谐音，这是那么富裕。

九

　　我太过兴奋没法午睡，于是几乎整个下午都在琢磨一首情诗（而这是我一九二二年随身日记的最后一则——距我到达卡纳封村正好一个月）。那些日子我似乎拥有两位缪斯：一位是最本质的、歇斯底里的、真正的缪斯，用不可捉摸的意象碎片折磨着我，痛心地揉搓着双手，只为我无力占据她所赐予的魔力和疯狂；还有就是她的学徒、她的模特儿和替身，一位小小的逻辑学家，在她主人撕开的裂缝中塞入解释和改进韵律的填料，当我离开那最初的、短暂的、残忍的完美越遥远，这填料就变得越多。俄语节奏中变幻不定的乐感向我伸出似是而非的援手，就像那些恶魔，为了打破艺术家地狱的黑暗与沉寂而模仿古希腊诗人和史前鸟类。另一种也是最后一种欺骗手段，就是诗歌清样，以字体、羊皮纸和墨香一时间美化一首了无生气的歪诗。想想几乎有五年时间我一直不停地努力、不停地陷入困境——直到我解雇了那个虚饰、含蓄、温顺、悲惨的小助手！

　　我穿好衣服下楼去。通向露台的落地窗敞开着。老莫利斯、艾丽斯和艾弗坐在正厅前排的位子上，在绚丽的落日下品尝马提尼酒。艾弗正在模仿某个人，语调怪异，手势夸张。绚丽的落日不仅为一个改变人生的夜晚铺展了背景，而且，或许也导致我多年以后建议我的英国出版商出版一本晨曦和落日的大画册，展现最真实的色调，可能还会具有科学价值，因为可以聘请一位学问渊博的天体学家来研究取自各国的样本，分析暮色和曙光在色调上的巨大差异，这在以前是从未论及的。相册最后出版了，价格昂贵，图片部分差强人意；但是文本却由一位不幸的女士提供，她那花哨的散文和借来的诗歌破坏了整本书（艾伦奥弗顿出版社，伦敦，一九四九年版）。

有好一会儿，我无聊地看着艾弗刺耳的表演，一边站着欣赏巨幅落日。一片经典的浅橙色，一抹状如鲨鱼的蓝黑色斜穿其间。周边飘过几缕余烬般的薄云使那色彩更为辉煌，衬着下方一颗红日宛如栏杆柱或象棋中的兵。"看那安息日的魔女！"我正想高喊，却见艾丽斯站起身，只听她说道："那样可以，艾弗。莫利斯从没见过那个人，这对他根本没用。"

"绝对不是，"她哥哥反驳道，"他一分钟后就会见到他并且认出他（这个动词是艺术家的咆哮），这才是关键！"

艾丽斯走下花园台阶离开了露台，而艾弗也没有继续他的滑稽表演，如今我的意识中突然快速重放当时的情景，发现那表演原来是在模仿我的声音和举止。我生出一种奇异的感觉，仿佛自己被剥光了扔下船去，仿佛我被隔离出了自我，仿佛正向前飞出而同时又转身离去。第二个动作占了上风，此刻，在圣栎下，我赶上了艾丽斯。

蟋蟀啾鸣，暮色笼罩小池，外面的路灯光倾泻到停在那儿的两辆车上。我亲吻她的嘴唇、她的脖子、她的项链、她的脖子、她的嘴唇。她的反应驱散了我的坏心情；但我告诉她我认为什么是傻瓜行为，然后她跑回了灯火通明的别墅。

艾弗亲自为我送来晚餐，直接放在我的床头柜上，因为被剥夺了对其演技的回报而灰心丧气，但他竭力掩饰着，并且为冒犯我而花言巧语地道歉，还说什么"莫非我睡衣用完了"？对此我回答，哪里的话，我实在深感荣幸，而且我夏天向来都光着身子睡觉的，不想下楼只是生怕轻微的头痛可能会使我辜负那精彩的模仿表演。

我时睡时醒，仅仅在凌晨一两点钟时熟睡（毫无来由地显示出我初恋小情人在果园草地上的形象），就在此时，硬是被发动机的轰鸣声吵醒。我迅速披上衬衫探到窗前，惊得一群麻雀从二楼窗下繁茂的茉莉花丛中呼啦啦飞走，令我惊讶的是，只见艾弗将一只手提箱和一根钓鱼竿放进停在花园里的车上，车子正噗噗颤动。那天是星期天，我原以为他会整天在家，但现在他却坐到方向盘后，砰地关上车门。园丁挥动双臂为他指示方向；他那可爱的儿子也在，手中握着黄蓝两色的鸡毛掸子。然后我听见她那甜美的声音用英语祝她哥哥玩得愉快。我将身子再探出一点才看见她；她站在一块凉爽洁净的草皮上，光着脚，露着小腿，披着袖子宽大的晨衣，一遍又一遍清脆地道别，虽然他已经听不见。

我穿过楼梯平台直冲盥洗室。几分钟后，当我离开水声哗哗的释放地时，发现她就在楼梯另一侧。她正踏进我的房间。我的马球衫，一件极短的浅粉色东西，难以掩藏我的热切期盼。

"我真不愿意看见一只停走的钟那副目瞪口呆似的表情，"说着，她抬起纤细的棕色手臂，伸向架子上一个旧的煮蛋计时器，我用来代替定时闹钟的。宽大袖子一滑落，我便吻了吻她那幽黑芳香的腋窝，从我们晒日光浴的第一天起，我就想吻它了。

门锁已坏，这我知道；但我还是试了试，却只被报以一阵咔嗒声，愚蠢的假象，门根本锁不住。是谁的脚步，是谁稚嫩的病咳声从楼梯上传来？那当然是雅科，园丁的儿子，每天早上他都要擦拭掸尘。他会闯进来，我说道，说起话来有些含混。比如，来擦蜡烛架。噢，那有什么关系，她呢喃着，不过是个勤恳的小孩子，可怜的弃儿，就跟家里那些狗那些鹦鹉一样。你的肚子还是那么粉红，她说，就和你的衬衫一样。亲爱的，请别忘了及时清理干净。

多么遥远，多么明亮，因为永恒而不变，因为时间而日益丑陋！床上有面包屑甚至还有橘子皮。稚嫩的咳嗽声现在低下去了，但我能清晰地听到嘎吱声，放轻的脚步声以及紧贴房门的耳朵里的嗡嗡声。我叔祖的侄子拜访莫斯科郊外别墅的那年，我肯定已经十一二岁了，那是个异常闷热的夏天，我正在那儿过暑假。他还带着热情洋溢的新娘——两人直接从婚宴上过来。第二天午睡时间，疯狂的好奇心驱使我爬到二楼客房窗下的隐蔽处，园丁的梯子恰好竖在窗下的茉莉丛中。梯子只能伸到一楼紧闭的百叶窗顶部，尽管我在百叶窗上方一个突出的装饰物上踩稳了脚，但只能勉强抓住窗台，窗户虚掩着，里面传出含混的声响。我辨得出是床垫弹簧在嘎嘎作响，床边碟子里的水果刀也发出有节奏的叮咚声，我把脖子伸得老长还能看见一根床柱；但最令我着迷的是男人的呻吟，就从我看不见的床上传来。凭着超人般的努力，我终于看见椅背上搭着一件浅粉色衬衫。他，如同发情的野兽，终有一天会死去，就像很多人一样，而现在正一遍遍呼唤她的名字，声音越来越急促，突然我脚下一滑，他恰巧兴奋地高喊，刚好淹没了我跌进枝丛的噼啪声，花瓣雪一般坠落。

一〇

就在艾弗钓鱼回来之前，我搬进了维多利亚庄园，她天天都来看我。那还不够；但到了秋天艾弗移居洛杉矶，与同父异母的兄弟一起担任太阳神电影公司的导演（三十年后，艾弗死于多佛后多年，我为这家电影公司写了剧本《兵吃后》，根据我当时最畅销却远非最优秀的小说改编），而我们则搬回心爱的别墅，坐着非常漂亮的蓝色伊卡罗斯轿车，那是艾弗贴心的结婚礼物。

十月份的时候，我的赞助人——如今已垂垂老矣——来到芒通，他每年必来此地度假，艾丽斯和我顺便去拜访，事先并没有通知他。他的别墅比我们的别墅不知要气派多少。他步履蹒跚地走到艾丽斯跟前，苍白的手掌握住她的手，混浊的蓝眼珠盯住她至少五秒钟（就社交场合来说，未免太久），礼节性地沉默着，然后拥抱我，并按照可怕的俄罗斯传统方式吻了我两颊三下。

"你的新娘"，他说道，我知道他用这个词是指未婚妻（而他说的英语，事后艾丽斯说就跟艾弗模仿我的腔调——那叫人忘不了——完全一样），"将和你的妻子一样美！"

我马上告诉他——用俄语——一个月前就由戛尼斯市长为我们主持了简短的婚礼。尼基弗尔·尼科季莫维奇又盯着艾丽斯看了一会儿，终于吻了吻她的手，我高兴地看到她抬手的姿势恰到好处（毫无疑问，是艾弗指导的结果，他利用一切机会对妹妹动手动脚）。

"我误解了传闻，"他说道，"但无论如何，我很高兴能结识这样一位楚楚动人的女士。请问，你们将在哪里，在哪座教堂宣誓？"

"在我们即将建造的庙宇，爵士，"艾丽斯答道——带着一丝傲慢，我觉得。

斯塔罗夫伯爵"咬了咬嘴唇"，就像俄罗斯小说里老人常做的那样。弗洛德-佛罗金小姐——一位上了年纪的表姐，帮忙照看房子的——不失时机地进来，带艾丽斯去了隔壁一间凹室（那儿装饰着一幅谢罗夫一八九六年的华丽画作，是妖冶的布莱格德茨夫人身着高加索盛装的肖像）去喝一杯好茶。伯爵希望和我谈些正事，趁着"他注射之前"的十分钟。

我妻子娘家姓什么？

我告诉了他。他想了一会儿，摇摇头。她母亲叫什么？

我也告诉了他。同样的反应。婚姻的财产情况如何？

我说她有一幢房子、一只鹦鹉、一辆汽车以及一笔小小的收入——我不知道具体数目。

他又想了好一会儿，问我是否愿意在白十字会找一份永久性工作？和瑞士无关。这是一个帮助全世界俄裔基督徒的机构。工作会有旅行、有趣的联络、重要岗位的升迁。

我拒绝了，态度坚决得令他猝不及防，手里的银色药盒跌在地上，无辜的药球全撒在肘边的桌子上。他气恼地一挥手，将它们全撸到地毯上。

那么我到底准备做什么？

我说我将继续我的文学美梦和噩梦。我们将在巴黎度过一年的大部分时光。巴黎正在成为流亡者文化和贫困的中心。

我认为我能挣多少钱？

好吧，诚如尼·尼所知，货币正在通货膨胀的漩涡中失去自身的价值，但是我最近在戛尼斯遇到流亡前已经成名的作家鲍里斯·莫罗佐夫——他曾在当地 literaturnyy[1] 界做过有关巴拉丁斯基[2] 的讲座，他给了我一些颇有启发的"生存范例"。以他为例，一首四行的诗能买一份 bifsteck pommes[3]，而在《流亡者新闻》发表几篇文章则足够付一间 chambre garnie[4] 的月租。更何况还有在大型礼堂举行的朗诵会，至少一年两次，每次带给他的收入相当于一百美元。

我的赞助人思考了一会儿后说，只要他活着我就会在每月初收到一张五十美元的支票，还说他将在遗嘱里赠予我一笔钱。他说出了金额。可怜得令我大吃一惊。这让我略略品尝到出版商预支款的滋味，出版商在长时间轻敲铅笔、值得期待的

1　用拉丁字母转写的俄语，文学。

2　Yevgeny Baratynski（1800—1844），又写作 Baratynsky，俄国诗人，出身贵族家庭，十九岁开始发表诗作，主要作品有《埃达》《舞会》《黄昏》等。别林斯基认为，在与普希金同时出现的诗人中，巴拉丁斯基无疑占有首要地位。

3　用拉丁字母转写的俄语，土豆牛排。

4　用拉丁字母转写的俄语，带家具的廉价公寓。

停顿之后所提供的预支款也是如此令人失望。

我们在第十六区德普雷奥街[1]二十三号租了一套两居室公寓。一条走廊连接两个房间，并通向前侧的浴室和厨房。原则上我单独睡，也愿意如此，于是我把双人床让给艾丽斯，自己睡在客厅沙发上。公寓管理员的女儿来做饭和打扫房间。她的烹饪水平实在有限，所以我们经常打破单调的蔬菜汤和水煮肉，去一家俄罗斯餐馆打牙祭。我们将在那套窄小的公寓里住上七个冬天。

多亏我那亲爱的监护人兼赞助人（约一八五〇年至一九二七年）——一位对右翼分子影响深远的老派世界公民——的先见之明，到结婚的时候我已经成为某个生活安逸的国家的公民，并因此不必忍受荒谬签证的耻辱（那真是颁给贫民的许可证），也不必愚昧地执迷于那些引得布尔什维克统治者发笑的"文件"，他们在官样文件和革命规章之间发现了共同点，在蹒跚难行、陷入公民权困境的侨民以及丧失政治权利的苏维埃农奴之间找到了契合点。因此，我可以带着妻子去世界上任何一个度假地，而不必为签证等上好几个星期，然后在返回暂居国——对我们而言是法国——时又遭拒签，只为我们那些珍贵而卑劣的文件出了点小问题。现如今（一九七〇年），我的英国护照已经被同样有效的美国护照所取代，但我仍然珍藏着

1　rue Despréaux，巴黎 16 区有德普雷奥大道（Avenue Despréaux）和布瓦洛路（rue Boileau）两条相连的路，都以法国诗人、美学家、文艺理论家尼古拉·布瓦洛·德普雷奥（Nicolas Boileau-Despréaux, 1636—1711）的名字命名。

那张一九二二年的照片，照片上的我是个神秘的年轻人，眼睛里含着神秘的微笑，一头鬈发，系着条纹领带。我记得春天我们去马耳他和安德鲁西亚，而每年夏天，大约七月初，我们都开车去卡纳封，住上一两个月。一九二五年那只鹦鹉死了，一九二七年那个小男仆失踪了。艾弗来巴黎看望过我们两次，但我觉得她还应该在伦敦见过他，她每年至少要去伦敦一次会"朋友"，那些朋友是谁，我不知道，但听上去并无大碍——至少就某一点而言是如此。

我本该更快乐。我本打算更快乐。我的健康继续显现不祥的状况，处在越来越脆弱的边缘。我对工作的信心从未动摇，但艾丽斯始终处于局外，尽管她怀着感人的诚意希望参与，而且我的工作越顺利，就越与她格格不入。她漫无目的地听了几次俄语课，却断断续续的，这样过了很久，最后令她对这门语言深恶痛绝。我很快注意到，在她面前讲俄语，只讲俄语的时候（聚会开始一两分钟因为她语言不通而出于礼貌讲一些简单的法语），她已不再像以前那样努力做出一副专心和机敏的表情了。

这件事，往好里说不过是烦人，往坏里说就是让人伤心了；不过它并没有使我神志失常，而有些事情却有这样的危险。

嫉妒，这个在我年少轻狂时从未谋面的假面巨人，现在却抱着双臂立在眼前，在每个角落与我对峙。我那甜美、温顺、柔弱的艾丽斯某些小小的性怪癖，曲折变化的性爱，恰到好处的抚摸，自如准确地调整柔软的身体以适应每一种激情，这一切似乎都应当以丰富的经验为前提。在开始怀疑她的现在之前，我觉得必须多多怀疑她的过去。在几个感觉极糟的晚上，我对她百般盘问，她却只是轻描淡写地说以前的罗曼史不值一提，殊不知如此缄口不谈留给我更多想象，甚至不如将事实大肆渲染夸张一番。

她少女时代的三个情人（这个数字是我从她嘴里抢得的，采用普希金笔下疯狂赌徒的激烈手段，可惜运气差远了）都不知道名字，所以仿佛幽灵；缺乏任何个性特征，所以完全相同。他们如同芭蕾舞团里最卑微的龙套，当她独舞时在后面踩着最简单的步子，与其说是舞蹈不如说是乏味的体操，显然没有一个能成为团里的男主角。相反，她这位女主角则是一颗微暗的钻石，每一面天赋都将熠熠生辉，但迫于周围无聊的压力，只能暂时限制自己的舞步和姿势，表现为故作冷漠、躲躲闪闪的卖弄风情——等待庄重的序曲一结束，身穿闪亮紧身衣、大腿肌肉坚实的健儿就会从舞台侧面腾空跃出。我们以为被选中充当这个角色的人就是我，但我们错了。

只有将那些不真实的形象投射到大脑屏幕上，我才能缓解聚焦于幽灵的肉欲嫉妒所带来的痛楚。但我常常选择听任这痛楚的折磨。艾丽斯别墅里，我工作室的落地窗通向一个红砖铺成的阳台，和我妻子的卧室一样，当落地窗以某个角度半开着时，能够将两边不同的风景融为一体。在连接各个房间的修道院式拱门后面，她的床、她的身体——头发和一侧肩膀——都被窗玻璃斜斜地反射出一部分，而这些从我写作的那张老式写字台上是看不到的；但同时透过玻璃也能看见伸手可及的现实中的绿色，贴墙蔓延的一排柏树。于是她半倚着床半倚着苍茫的天空写信，信纸被钉在我那张较好的棋盘上。我知道如果问她写给谁，回答会是"哦，给一个老同学"，或者"给艾弗"，或者"给老库帕罗夫小姐"，我还知道这封信将被送进那条悬铃木马路尽头的邮局，而我绝不会看见信封上的名字。但我还是随她写下去，让她适意地飘浮在枕头的救生带上，飘浮在柏树和园墙之上，而我则一直测量着——严肃而不顾一切地——疼痛的触角能在黑暗中沉到多深。

一一

　　几乎每一节俄语课都是她带着我的某一首诗或某一篇散文去某位俄国夫人那儿，库帕罗夫小姐或者罗帕库夫太太（都不怎么懂英语），请她们用一种临时代用的沃拉卜克语口头解释给她听。当我向艾丽斯指出，这样随意学习是在浪费时间，她就另外寻觅一种能让她读懂我作品的魔法。那时（一九二五年）我已经开始创作第一部小说（《塔玛拉》），她哄我给了她一份刚打出来的第一章，拿着它找到一家将实用文件——比如俄国难民向各类委员会鼠窝里的老鼠发出的各种申请和恳求——翻译成法文的机构。答应为她提供"直译文本"——为此她支付了外汇——的那个人将打字稿收了两个月，在交还给她时告诫说我的"文章"有着几乎不可克服的困难，"通篇谚语和普通读者根本不熟悉的文体"。就这样，一个坐在简陋、凌乱、嘈杂的办公室里的无名傻子成了我作品的第一个评论者，第一个翻译者。

　　我之前对此事一无所知，直到有一大我发现她低垂着满头棕色鬈发看几张大纸，边边角角都涂满恶狠狠的紫色字母，几乎被戳烂了。那时候我很天真地反对任何形式的翻译，部分原因是我曾尝试将两三篇早年习作译成英文，却导致一种病态的反感——以及令人发狂的头痛。艾丽斯拳头支着面颊，眼睛倦

61

怠而疑惑地转动着,抬起头看看我,带着几分羞怯,却又闪现出一丝从未有过的荒谬和难堪。第一行我就发现一处大错,第二行又是一处错,再也懒得读下去,顺手把整篇东西撕个粉碎——对此,我那备受挫折的爱人毫无反应,除了一声不置可否的叹息。

无法进入我的创作,为了弥补这遗憾,她决定自己当作家。从一九二〇年代中期直到她那短暂、不幸、被虚掷的人生结束,我的艾丽斯从未间断过一部侦探小说的写作,连续写了二稿、三稿、四稿,其中的情节、人物、场景,所有一切都在一次又一次令人大惑不解的疯狂删改中不断变化——所有一切,除了人名(我连一个都没有记住)。

她不仅缺乏文学天赋,甚至对于那些风靡一时却昙花一现的"犯罪小说"提供者中少数富有才华的作家,也没有能力去模仿,尽管她带着模范罪犯般的热情饥不择食地阅读这类"犯罪小说"。那么,我的艾丽斯又如何知道为什么这里必须改动,那里必须删除?是何种天才的本能命令她销毁全部草稿,就在,恰恰就在她猝死的前夜?这个古怪女孩所能想象——异常清晰地想象到的,只是最后那本完美小说的平装本封面,在那深红色的封面上,恶棍毛茸茸的拳头紧握一枚手枪形状的打火机直指读者——而读者要到书里所有人物都一命呜呼之后才会想到这打火机,其实就是手枪。

且让我在我们七年的锦绣生活中挑出若干预兆未来的时间点,它们在当时隐藏得如此巧妙。

一场绝妙的音乐会中，我们没能买到相邻位子的票，中场休息时我注意到艾丽斯热情地迎接一个神色忧郁的女人，她头发干枯、嘴唇削薄，我肯定在什么地方见过她，就在最近，但她毫不起眼的外貌打消了我继续搜寻模糊回忆的念头，我也从未向艾丽斯问起此人。她将成为我妻子的最后一位老师。

每一个作者在发表了处女作之后都会认为，喝彩的就是他本人的朋友或者客观的同侪，而辱骂攻击的只能是嫉贤妒能的流氓和庸才。无疑当巴黎、柏林、布拉格、里加以及其他城市的俄语杂志上发表了有关《塔玛拉》的评论，我原本也会怀有同样的错觉；但那时我已沉浸于第二部小说《兵吃后》，处女作已经萎缩成我心中一缕彩色的尘埃。

《兵吃后》开始在流亡者月刊《帕特丽雅》上连载，月刊编辑邀请我和"艾利达·奥斯波夫娜"出席一个文学茶会。之所以提起，仅仅因为这是我这个深居简出的人屈尊光顾的少数沙龙之一。艾丽斯帮着做三明治。我一边抽烟斗一边观察着那些人吃东西的习惯，包括：两位大小说家、三位小小说家、一位大诗人、五位小诗人（男女均有）、一位大批评家（德米安·巴锡列夫斯基）以及九位小批评家，包括那位无与伦比的"普罗斯塔科夫-斯科基宁"——一部俄国喜剧的名称（意思是"傻瓜与野兽"），他的劲敌赫里斯托夫·博亚尔斯基用来称呼他。

大诗人鲍里斯·莫罗佐夫，一个灰熊般和蔼的男人，被问及在柏林朗诵诗歌的情形，他答道："Nichevo（意思是"马马虎虎",也隐含着"还算不错"),然后讲了一件关于德国流亡作家联盟新任主席的并不令人难忘的滑稽事。坐在我旁边的一位女士对我说,她特别欣赏兵和后的那番关于丈夫的大逆不道的对话,还问我他们果真会把可怜的棋手扔出窗外吗?我回答说会的,但不是在下一期,而且不会就此消失:他将永远活在自己的棋局中,活在未来注释者的多重惊叹号里。我还听到——我的听力几乎和我的视力不相上下——大家谈话的片段,比如:"她是个英国女人,"坐在五排椅子之后的一位来宾对另一位来宾低声解释。

记录所有这些也许过于琐碎,除非意在将它们作为流亡者每一次类似聚会的平常背景,就在这样的背景下,一条提醒语不时闪动在行话和闲话之间——随口引用的丘特切夫¹或勃洛克²的诗句,是挚爱而熟悉的永恒存在,是不为人知的艺术高峰,以蓦然响起的华彩天籁,以荣耀与甜蜜、以无迹可寻的水晶镇纸投射在墙上的一抹彩虹,来装点悲怆的人生。那正是我的艾丽斯无法理解的。

再回到那些琐事:我想起当时我提到发现《塔玛拉》"译文"中一处愚不可及的错误,把大家逗得开怀大笑。其中一句 vidnelos' neskol'ko barok(能看见几艘驳船)被译成 la vue était

---

1 Fedor Ivanovich Tyutchev(1803—1873),俄国诗人,出生于古老的贵族家庭,早年在驻外机构任职,诗歌创作被视为"纯艺术派"。他的诗除描写自然外,还有热烈的感情和深沉的思考。

2 Aleksandr Blok(1880—1921),俄国诗人和戏剧家,俄国象征派文学主要代表人物,1904 年出版象征派诗作《美女诗草》,代表作长诗《十二个》反映十月革命的伟大风暴和新旧两个世界的尖锐对立。

assez baroque（风景是非常巴洛克式的）。著名批评家巴锡列夫斯基，一个敦实的金发小老头，穿着皱巴巴的棕色套装，笑得大肚子乱颤——但随后他面露怀疑和不悦。茶会过后他突然过来和我搭话，粗鲁地认定那个误译的例子是我捏造的。我记得我这样回答，果真如此的话，那么他本人很可能也是我的杜撰。

我们步行回家的时候，艾丽斯抱怨说她再也不想学着用一勺甜腻腻的土莓酱把一杯茶搅浑。我说我有意愿忍受她存心流露的岛国褊狭心理，但恳求她别再à la ronde[1] 宣布："请不用管我：我喜欢俄语的语调。"那根本就是侮辱，如同对一个作家说他的书难以卒读但印得很漂亮。

"我会补救的，"她不假思索地答道，"我一直没能找到合适的老师，总以为你才是唯一合适的——而你又不肯教我，理由是你太忙，你太累，你没兴趣，你的神经受不了。我最后找到一个人能说两种语言，你的语言和我的语言，一人兼备两种母语，而且都能应付裕如。我想到了纳迪娅·斯塔罗夫。实际上是她自己的建议。"

纳迪兹赫达·戈尔多诺夫娜·斯塔罗夫是斯塔罗夫（教名不重要）中尉的妻了。斯塔罗夫中尉曾是兰格尔将军的部下，现在在白十字会任职。我最近在伦敦见过他，在老伯爵的葬礼充当抬棺人，据说他是老伯爵的私生子或"过继侄子"（谁知

道是什么意思）。他黑眼睛，黑皮肤，比我大三四岁；忧郁凝重，非常英俊。头上有一道内战时留下的伤，会时不时引起严重抽搐，使他的脸突然变形，仿佛一个纸袋子被一只无形的手揉皱。纳迪兹赫达·斯塔罗夫是一个沉静、平淡的女人，周身透出一股难以描摹的教友派信徒的严谨之气。出于某种原因，无疑是治疗的需要，她记录下他脸部抽搐的间隙时间，可他本人却对自己"放烟火"毫无感觉，除非他碰巧在照镜子。他有一种阴森的幽默感，一双柔皙的手以及柔和的嗓音。

我现在才意识到和艾丽斯在音乐厅里谈话的就是纳迪兹赫达·戈尔多诺夫娜。我说不准俄语课始于何时，她的热情会持续多久；最多一两个月吧。上课地点不是在斯塔罗夫夫人的住处，就是在两位女士经常光顾的俄国茶室。我有一张电话号码单，这样也许可以告诫艾丽斯我总是能够确认她的行踪，每当我觉得自己快疯了，或是需要她在回家路上买一罐我最喜欢的褐梅香烟。然而，她并不知道其实我根本不敢给她打电话，唯恐她不在她说的地方，那会使我痛苦，哪怕仅仅几分钟，我也无法面对。

一九二九年圣诞节前后，她若无其事地告诉我，俄语课已经停止很久了：斯塔罗夫夫人去了英国，而且有传言说她不会回到丈夫身边了。看来，中尉真算得上风云人物了。

一二

我们在巴黎的最后那个冬季临近结束的时候，在某个神秘时刻，我们之间的关系出现了转机。新的温暖、新的亲密、新的温柔，潮涌般增强并扫除了所有距离的错觉——争吵，沉默，猜疑，退入自爱的城堡，诸如此类——这一切阻碍了我们的爱，而错都在我自己身上。我无法想象一个伴侣会比她更加亲切、更加快活。亲昵的举动，充满爱意的称呼（对我是用俄语的形式）又重新进入我们的日常交流。我打破了写作诗体中篇故事《望月》时的清规戒律，和她一起在树林里骑马，或者尽心尽职地陪她去看时装表演和先锋派赝品画展。我克服了对"严肃"电影（用政治上的牵强附会来诠释令人伤心的问题）的鄙夷，她却偏爱这类电影，而不喜欢美国电影的插科打诨和德国恐怖电影的特技摄影。我甚至还去她所在的一个相当差劲的英国女士俱乐部作了一场报告，谈了我在剑桥大学的情形。最后，我向她透露了下一部小说（《投影描绘器》）的情节。

一九三〇年三月底或四月初的一天下午，她偷偷朝我房间里张望，我让她进来，她递给我一页打印稿的复印件，标号444。她说这是她那部冗长故事里某个片段的初稿，她将不再对那个故事作任何增加，而要删削。她说，她感到很为难。戴安娜·凡内，一个配角，总的说来是个相当不错的姑娘，逗留巴黎期间在一所马术学校里邂逅一个行为怪异的法国人，科西嘉裔，或者是阿尔及利亚裔吧，热情，冷酷，狂躁。他误以为戴安娜是他以前的恋人——尽管她打趣地抗议，可他还是坚持这么认为——也是一个英国姑娘，他已经有很多年没见到她了。这里有一种幻象，作者说，一种挥之不去的幻想，戴安娜活泼轻佻，聪敏幽默，在二十来节马术课中接受了朱尔斯的感情；但随后他对她的关注越来越真实，而她却不再和他见面。他们之间什么也不曾发生，但他就是无法接受劝告，仍然错将她当作自己曾经拥有或自以为曾经拥有的那个姑娘，因为那个姑娘也极有可能只是此前某一段恋情所残留的幻象，或是记忆中的呓语。这是一个极为怪异的情境。

而手里的这一页应该是那个法国人给戴安娜的最后一封信，是外国人说英语的口气，预示着悲剧即将发生。我要把它当作一封真实的信来读，而且作为一名经验老到的作家，我要对接下来的情节或者悲剧提出建议。

亲爱的！

我无法使自己相信你真的想要和我中断一切联系。上帝作证，我爱你胜过爱生命——就算你的生命、我的生命加在一起，也抵不过我对你的爱。你不会病了吧？或者你已经另有他人？另有所爱，是不是？又有人成了你魅力的牺牲品？不，不，这念头太可怕，太丢人了，无论是对你，还是对我。

我的祈祷并不过分，也是正当。再给我一次见面的机会吧！一次就够！我已经准备好和你见面，在什么地方无所谓——大街上、咖啡馆里、布洛涅的森林，都行——但我必须得见你，必须和你说话，并向你坦白许多秘密，在我临死之前。噢，这绝不是威胁！我发誓如果我们见面有积极结果，换言之，如果你能给我希望，仅仅是希望，那么，噢，那么，我将同意等一等。但你必须马上给我回信，一刻也不要迟缓，我的残忍、愚蠢、可爱的小女孩！

你的朱尔斯

"有一件事，"我说着，将这页纸仔细折好装进衣袋，以备今后研究之用，"有一件事这个小姑娘应该知道。这不是一个浪漫的科西嘉岛人写的狱中情书；这是一个对英语一知半解的俄国人在敲诈勒索，把俄语里的陈词滥调翻译成英语了事。令我迷惑的是你不过知道三四个俄语词汇——kak pozhivaete[1]，do svidaniya[2]——但是作为作者，你是如何设计出那些微妙的措辞，模仿出只有俄国人才会犯的英语错误？我知道，模仿能在家族成员中遗传，但我还是——"

艾丽斯答道（以她那种古怪有趣而 non sequitur[3] 的推理

---

1 用拉丁字母转写的俄语，你叫什么名字。

2 用拉丁字母转写的俄语，再见。

3 法语，不合逻辑。

方法，四十年后我将这用在《阿迪斯》的女主人公身上），是的，确实如此，我说得很对，肯定是她俄语课上得太多太杂乱，要纠正这种不同寻常的印象，只需全信用法语就行了——顺便提一下，她听说俄语的确从法语借了不少陈词滥调的表达。

"但那是不相干的，"她继续说道，"你不知道——关键是接下来的情节该怎样——我是说，怎样才合乎逻辑？我那位可怜的姑娘该怎样对付那个混蛋，那个野兽？她不安，她迷惑，她恐惧。最后的结果应该是闹剧，还是悲剧？"

"应该是废纸篓，"我咕哝道，放下手中的笔，将她娇小的身躯抱在我的腿上，在这年春天，我经常这样抱她——一九三〇年，感谢上帝，这个致命的春天。

"把那东西还给我，"她柔声乞求道，想把手塞进我的睡袍口袋，但我摇摇头，把她搂得更紧了。

潜伏在我心底的嫉妒本应被煽动成怒火，因为我猜测我妻子其实是抄录了一封确实存在的信——给她写信的，说不定是一个肮脏、可怜的流亡诗人，头发溜光，眼睛亮晶晶的会说话，常常在流亡者沙龙和她见面。但是研究再三，我认为那恐怕还是她自己写的，其中插了几处法语里来的语病（supplications, sans tarder[1]），还有的则可能是下意识里沃拉卜克语的流露，毕竟她在跟着那些俄语老师上课时一直用这种

1　法语，祈祷，一刻也不要迟缓。

语言，又在花里胡哨的练习本上做了许多两种语言、三种语言的练习。因此，我并没有让自己迷失在恶意猜测的丛林里，而只是将那页薄薄的纸片，那一行行高高低低、显然是她自己打的文字，保存在我面前那个褪了色、裂了口的公文包里，连同其他纪念品，其他死者的遗物。

一三

一九三〇年四月二十三日早晨，我正要踏进浴缸，走廊里的电话机突然响起尖厉的铃声。

是艾弗！他刚从纽约抵达巴黎，要出席一个重要会议，整个下午都会很忙，明天就要离开，他想要……

这时艾丽斯裸着身子闯进来，娇娇滴滴、不慌不忙，带着灿烂的微笑将听筒据为己有。一分钟后（她哥哥缺点虽多，打电话却从来简明扼要），她依然面带笑容，抱住我，于是我们来到她的卧室，最后一次"fairelamourir¹"——她用温柔、怪异的法语说。

晚上七点艾弗会来接我们。我已经穿上旧礼服；艾丽斯侧身站在走廊的镜子前（整间屋子里最好最亮的位置）缓缓转动身子，手握小镜子举到耳边，想看清自己顺滑乌黑的短发背后的形状。

"如果你已经准备好了，"她说，"我想请你去买一些橄榄。他晚饭后就来，他喜欢就着橄榄喝'饭后白兰地'。"

于是我下楼，穿过马路，打着冷颤（那天晚上又阴又冷），推开对面那家小熟食店的门，突然我身后一个男人伸出手来有力地把门抵住。他身穿风雨衣，头戴贝雷帽，黝黑的面孔一阵抽搐。我一下子认出这正是斯塔罗夫中尉。

"啊哈！"他叫道，"我们都有一百年没见了！"

他呵出的白雾里散发着一种怪异的化学品气味。我有一次试着吸过可卡因（叫我直想吐），但他身上的是另一种毒品。

他脱下一只黑手套，和我握手，那是我的同胞们认为适用于入场及退场时的方式，门挣脱束缚，撞到他的肩胛骨之间。

"愉快的见面！"他继续用怪腔怪调的英语寒暄（并非像看上去的那样在展示他的英语，而更像是在通过无意识的联想来使用英语）。"我看你穿着小礼服。要赴宴？"

我买好橄榄，同时用俄语回答，是的，我和我妻子要出去吃饭。然后我趁着女店员转向他做下一笔买卖之机，避免了和他告别的握手。

"我的天哪，"艾丽斯大声叫道——"我要的是黑橄榄，不是绿橄榄！"

我告诉她我不想回去买黑橄榄了，因为不愿意再撞见斯塔罗夫。

"噢，那家伙很可恶，"她说，"我敢肯定他会千方百计要来看我们，想喝点伏特加。真遗憾你跟他说了话。"

突然她猛推开窗户探出身去，原来是艾弗下了出租车。她向他抛去一个热烈的飞吻，一边挥舞手臂示意， 一边高喊我们马上下去。

"如果你穿的是夜礼服斗篷该多妙，"我们匆匆下楼的时

1　法语，此处双关，既可理解为"装死"，也可理解为"做爱"。

候，她说道，"你就可以把我们俩一道裹起来，就像你小说里的那对连体双胞胎那样。快，快点！"

她冲进艾弗的怀抱，一眨眼就钻进出租车坐稳了。

"去'金孔雀'。"艾弗对司机说。"见到你可真高兴，老伙计，"他对我说，带着明显的美国腔调。(我在饭桌上小心地模仿这腔调，最后惹得他喝道："滑稽。")

"金孔雀"已不复存在。它虽然不属于最好的，但整洁干净，尤其受到美国游客青睐，他们把它叫作"老鸨"或"潘多拉"[1]，总是点一份"腌肉拼盘"，而我猜，那也正是我们点的。我记得更清楚的是，挨着我们桌子是一面雕着金色花纹的墙，墙上挂着一个玻璃盒子，盒子里展示了四只产于南美洲的大闪蝶，两只大的有着同样粗糙的光泽但形状不同，下面两只稍小一点，左面那只呈青色略带白色花纹，右面那只则仿佛闪亮的银色绸缎。领班说，它们是由一个囚犯从南美洲捉来的。

"对了，我的朋友玛塔·哈里怎么样了？"艾弗再一次向我们打听，将挥向刚才说到的那几只"昆虫"的手，平摊在桌子上。

我们告诉他可怜的大金刚鹦鹉病了，不得不把它杀掉。他的汽车怎么样了，它还可以开吗？它跑得可欢了……

"实际上，"艾丽斯继续说道，按住我的手腕，"我们已经决定明天出发去戛尼斯。很遗憾你不能和我们一起去，艾弗，

---

1 "金孔雀"法文名 Paon d'Or，美国人法语发音走样，说成 Pander（老鸨）或 Pandora（潘多拉）。

但也许你可以过些时候再来。”

我没有反驳她，尽管我从未听说过这个决定。

艾弗说要是我们想把艾丽斯别墅卖了，他认识一个人随时都会来抢购。他说，艾丽斯也认识这个人：演员大卫·盖勒。“在你（对着我说）闯进来之前，他是她的第一个情郎。她肯定还在哪儿保存着十年前我和他演《特洛伊罗斯与克瑞西达》时的剧照。他在剧中扮演特洛伊的海伦，我扮演克瑞西达。”

“胡说，胡说，”艾丽斯低声说道。

艾弗描述了一番他在洛杉矶的房子。他提议晚饭后与我讨论一部剧本，希望由我执笔改编果戈理的《钦差大臣》（也就是说，我们回到了开头）。艾丽斯又要了一份我们正在吃的菜。

“你会撑死的，”艾弗说道，“那玩意儿油腻得要命。记得格伦特小姐（以前的家庭女教师，他总是把各种可怕的格言警句归在她头上）以前常常说：‘白虫子恭候贪吃人。’”

“所以我希望死后被烧掉，”艾丽斯回敬道。

他又要了第二瓶也不知第三瓶白葡萄酒，很一般，但我出于礼貌，勉强奉承是好酒。我们为他最近一部电影干杯——名字我忘了——明天就要在伦敦首映，然后是巴黎，他希望。

艾弗看上去不太健康也不很快乐；他的头发已经秃了很大一片，脸上斑斑点点。我以前从未留意到，他的眼睑竟那么沉重，睫毛竟那么稀疏、苍白。我们的邻桌是三个并无恶意的美国人，满脸红光，快活地高声叫嚷，也许他们有点烦人，但我和艾丽斯都不认为艾弗威胁“要让那些个布朗克斯佬都闭嘴”

是多么正当，因为他自己说话的声音也相当洪亮。我实在希望晚饭早点结束——希望回家喝杯咖啡——可艾丽斯却似乎正享受着每一口食物、每一滴酒。她穿着黑缎长裙，胸口开得很低，戴着我送给她的一对长玛瑙耳坠。她的脸颊和手臂，没有夏日的暴晒，恢复了象牙白色，我将把它分派给——也许过于慷慨了——未来小说中的女孩子。艾弗一边说话一边瞟着眼睛欣赏艾丽斯裸露的肩膀，不料被我略施小计，故意提问，不断扰乱他目光的游弋轨道。

最后这场折磨总算结束。艾丽斯说她一会儿就回来；她哥哥建议我们一起"去小个便"。我拒绝了——不是因为我不需要——我需要——而是因为以过去的经验，我知道如果旁边站着一个饶舌的家伙，看着他瞬时汩汩流出，我肯定会丧失排泄能力。我坐在饭店休息室里抽烟，一边考虑要是立刻改变我写《投影描绘器》的固定习惯，一定很聪明，换一个环境，换一张书桌，换一盏台灯，换一种来自外面电话声和气味的压力——我又看见纸张和笔记就仿佛没有靠站的特快列车上的明亮车窗，一页接一页地闪过。我决定说服艾丽斯放弃她的计划，就在这时兄妹俩从舞台两侧同时出现，微笑着看着对方。离她生命结束不足十五分钟。

德普雷奥街的门牌号模糊不清，出租车司机没注意到我们家前廊，开出好几幢房子远。他建议司机把车开回去，但性急的艾丽斯已经卜车，我也跟着爬出来，留下艾弗付车费。她朝四周扫了一眼；然后往我们家方向疾速走去，我一时都没赶上她。正当我要挽住她的手肘，却听见艾弗在后面喊，他的零钱不够。我只好丢下艾丽斯跑回艾弗那儿，而就在我跑到两个看手相的人跟前时，我和他们都听见艾丽斯突然勇敢地高声叫喊，仿佛正在驱赶一条凶恶的猎犬。借着路灯光，我们瞥见一个身穿雨衣的人从街对面大步冲来，朝她开枪，距离近得几乎是在用手枪刺她了。这时司机已将出租车开近，艾弗和我紧随其后，看见她蜷着身子猛然倒地。凶手在她身上绊了一跤，但并没有逃跑，反而蹲下身，摘下头上的贝雷帽，耸起双肩，然后以这个恐怖而可笑的姿势抬起手枪指向自己剃得光光的脑袋。

警方——我和艾弗设法彻底误导了他们——调查之后，有关此事的报道和其他 faits-divers[1] 一起见诸巴黎各家日报报端，我翻译如下：俄国人弗拉基米尔·布莱格德茨，又名斯塔罗夫，间歇性精神病患者，星期五夜间在一条偏僻马路中央大开杀戒，胡乱射击，一枪打死一名过路的英国女游客（姓名不详），并在她身边把自己脑袋打开了花。事实上他并没有当场死亡，头盖骨已经碎裂却坚硬得非同寻常，他的意识一直保持到闷热异常的五月份。出于某种梦境般荒谬的好奇心，艾弗去医院探望了他。这家非常特别的医院由著名的拉扎雷夫医生创办，是一幢矗立在山顶上的环形建筑，满山遍野都是七叶树、野玫瑰和其他荆棘类植物。布莱格德茨脑袋上的枪眼导致近期记忆一概丧失；但病人非常清楚地记得（据一位擅长解读重伤

1　法语，社会新闻。

者说话的俄国男护士说）他六岁时怎样被带到意大利的一个游乐场，游乐场里的小火车由三节敞篷车厢组成，每节车厢坐六个不说话的小孩，蓄电池发动的绿色机头每隔一段时间就会喷出一阵仿真烟雾，火车穿过一片荆棘丛生、风景如画、恍若梦魇的小树林，林中花草令人眼花缭乱，时时点头，对所有的童年恐惧表示赞同。

纳迪兹赫达·戈尔多诺夫娜在她丈夫落葬之后，才和一位牧师朋友一道从奥克尼群岛某地抵达巴黎。某种虚伪的责任感促使她试图见我一面，以便说明"一切"。我避开了一切和她接触的可能，但她还是设法在艾弗去美国前在伦敦找到了他。我从没有问过他，而这个滑稽的老家伙也从没有向我透露那所谓的"一切"到底是什么；我不肯相信那有什么大不了——不管怎么说，我已经知道得够多。我生性不记仇；而我也愿意在幻想中保留那绿色小火车的形象，跑啊跑啊，一圈又一圈，直到永远。

第二部分

一

　　一种奇怪的自我保护意识迫使我们刻不容缓、义无反顾地将已逝爱人的所有物品处理干净。不然，她每天接触并恰当安放的东西就会拥有自己可怕、疯狂的生命而膨胀开来。如今她的衣服穿着它们自己，她的书页翻着它们自己。这些怪物将圈套越拉越紧，勒得我们喘不过气来，它们摆错了地方，变成了畸形，因为她再也不会来照料它们了。而即便是我们中最勇敢的人也不敢直面她镜子的注视。

　　而另一个问题是：该如何处理它们。我不能像淹死小猫那样淹死它们；事实上，我都没办法淹死一只小猫，更不用说她的刷子或提包了。我也不能眼看着一个陌生人把它们收起来，带走，再折回来拿走更多。所以，我就只能离开这房子，告诉女佣随便用任何方式处置所有不要的东西。不要的东西！在我离开的那一刻，它们显得那么正常而毫无恶意；我甚至想说它们仿佛受了惊吓。

　　起先我准备在巴黎市中心的一家三流旅馆安顿下来。我要整天拼命工作来驱除内心的恐惧和孤独。我完成了一部小说，又开始另一部，写了四十首诗（各种肤色的强盗及兄弟），十几个短篇，七篇小品，三篇言辞犀利的评论，一篇滑稽仿作。为了不致在夜间失去理智，我不得不服用一种特效安眠药或者花钱找一个床上伴侣。

我记得五月里（一九三一年还是一九三二年）一个危险的黎明；就像海涅诗中写到的那个五月，所有鸟儿（主要是麻雀）都在啁啾，声音单调得如同魔鬼——这就是为什么我知道那肯定是一个精彩的五月清晨。我脸朝墙壁躺着，昏昏沉沉地思考着一个不祥的问题："我们"是否应该比平时更早些出发开车去艾丽斯别墅？然而一个障碍阻挠了我的旅程：汽车和房子都已变卖，这是艾丽斯在新教墓地亲口告诉我的，因为她的信仰和命运之主禁止火葬。我将脸从墙壁转向窗子，艾丽斯就躺在靠窗一侧，乌黑的头颅紧挨着我。我一脚踢掉床单。她一丝不挂，除了腿上的黑丝袜（这很奇怪，但同时令我回想起平行世界中的某样东西，因为我的思想横跨在两匹马戏团的马上）。在某个色情脚注里，我想起自己不下一万次提到过，没有什么能比女孩的脊背更诱人，尤其是她侧卧时臀部高耸、单腿略弯的曲线。"J'ai froid[1]，"当我抚摸那女孩的肩膀，她说道。

俄语中有一个词可以指任何形式的叛变、不忠和背信弃义——izmena，蛇一般、波纹绸一般的词汇，原意是变化、改变、变形。当我时时刻刻都在思念艾丽斯，我从未想到过这个词的衍生义，但如今它突然跳出来，向我揭露魅惑的存在，揭露美丽少女沦为娼妓的事实——立即引起大声抗议。一个邻居砸墙，另一个邻居敲门。受惊的女孩抓起她的手提包和我的雨

---

1 法语，我冷。

衣，匆忙逃离房间，却闯进来一个满脸胡子的可笑男人，上身穿着睡衣，光脚套着胶鞋。我的尖叫越来越强，愤怒和沮丧的尖叫，最终变成歇斯底里发作。我想有人试图送我进医院。无论如何，我必须另找住处，一刻也不要迟缓，这话让我马上联想到她写的那封情书，心里不由一阵痛苦的痉挛。

一小方乡间景色不断在我眼前飘动，仿佛光的幻影。我将食指搁在法国北部地图上随意滑动；指尖停在一个叫做佩蒂弗尔的小镇上，小虫也好，小诗也好[1]，听上去颇有田园意味。乘公共汽车就可到达离奥尔良不远的路边车站，我想。对于我的住处，我只记得地板很奇怪地倾斜着，和楼下咖啡馆倾斜的天花板吻合。我还记得小镇东面有一个青葱的公园，还有一座古老的城堡。在那儿度过的夏天不过是我晦暗的意识玻璃上一团色彩污迹；但我确实写了几首诗——至少其中一首写一班杂技演员在教堂广场上的演出，四十年来重印了好多次。

我回到巴黎后，发现那位好心的朋友斯捷潘·伊万诺维奇·斯捷潘诺夫，独立媒体的著名记者（他非常幸运，是极少数恰好在革命前带着财产移居国外的俄国人之一），不仅为我组织了不知是第二次还是第三次公众朗诵会（俄语中此类表演被专称为"vecher"——"晚会"），甚至还邀请我住在他家，一幢有十间卧室的旧式大房子里（在库奇大道，还是罗施大道？在它近旁，或曾经在它近旁，矗立着一座将军塑

---

1 Petiver（佩蒂弗尔）按发音可以写作 Petit Ver（小虫）或 Petit Vers（小诗）。

像，忘了此君大名，但它肯定躲在我旧笔记的某个角落里）。

当时住在这幢房子里的有斯捷潘诺夫老两口，他们已婚的女儿博格男爵夫人，她十一岁的孩子（男爵本人是商人，被他的公司派往英国），以及格里戈里耶·赖克（一八九九年至约一九四二年），一个温和、忧郁、清瘦的年轻诗人，毫无天赋，每星期以"卢宁"的笔名为《新闻报》写作哀歌，同时担任斯捷潘诺夫的秘书。

晚上我无法避免下楼去参加文学界和政界重要人物的聚会，聚会每每在富丽堂皇的客厅或餐室举行，餐室正中摆着一张巨大的长桌，墙上挂着一幅斯捷潘诺夫幼子的油画立像，一九二〇年他为了救一名落水的同学而溺亡。亚历山大·克伦斯基是聚会的常客，他是个近视眼、嗓音粗嘎，生性快活，喜欢鲁莽地举起镜片瞪着陌生人看，或者说句现成的俏皮话来和老朋友打招呼，那刺耳的声音多年以前就在俄国革命的怒吼中失去了大部分力量。著名小说家、诺贝尔文学奖新得主伊万·希普格拉多夫也会出席，他才华横溢，魅力四射，灌下几杯伏特加之后就会说那种俄国黄色故事给至交们逗乐，故事的艺术技巧在于其乡土热情以及对我们私处的温情尊崇。另一个不怎么有趣的人物是瓦西里亚·索科洛夫斯基，伊·A. 希普格拉多夫的宿敌（I. A. 给他取了一个怪异的绰号"杰里米"）。此人孱弱瘦小，穿一身松垮垮的套装，自本世纪初起就一卷接着一卷地写某个乌克兰家族的社交秘史，这个家族在十六世纪还只是一个卑微的三口之家，但是到了第六卷（一九二〇年）已俨然成为一个村庄，拥有丰富的民俗与神话。能看到老莫罗佐夫那粗野机敏的面庞、蓬乱肮脏的头发以及明亮冷淡的眼睛，的确令人愉快；而出于某种特殊原因，我仔细观察了矮胖冷峻的巴锡列夫斯基，不是因为他刚刚或将要和他那位年轻情妇大吵一场——她是个大美人，会写打油诗，还很露骨地和我调情——而是因为我在我们俩共事的文学杂志最近一期上取笑他，我希望他已经看到。尽管巴锡列夫斯基的英文不足以翻译诸如济慈的诗（他认为济慈是"工业时代之初前王尔德主义的美学家"），但他就是忍不住技痒。最近他谈到我写的东西是"并非完全讨人厌的矫揉造作"，就轻率地引用济慈广为人知的诗句，将它译成俄语：

Vsegda nas raduet krasivaya veshchitsa

译回来就是：

漂亮的廉价首饰总是令我们高兴。[1]

然而，我们的谈话竟然简短得让我没法知道他是否欣赏我那令人捧腹的教诲。他问我如何看待他正同莫罗佐夫（只会说一种

---

1 "A pretty bauble always gladdens us." 原诗句可能为《恩底弥翁》(*Endymion*) 首句 "A thing of beauty is a joy for ever"（一件美好事物永远是一种快乐）。

语言）谈起的那本书——即莫洛亚[1]"讨论拜伦的那部给人深刻印象的大作"，而当我回答我发现这是一部给人深刻印象的垃圾时，我们这位严肃不苟的批评家喃喃说道，"我认为你根本没读过这本书"，接着继续教育那位静默的老诗人。

聚会还没结束，我就早早溜走。他们互致告别的声音传到我耳畔之际，我通常正渐入失眠状态。

一天的大部分时间我都在写作，深深埋进扶手椅，所有用具都十分方便地摆放在面前一块特别的写字板上，这是主人给我的，他非常热衷于各种设计巧妙的小玩意儿。不知什么原因，丧偶以来我的体重竟然开始增加，到现在不得不猛然挣扎几下才能从那张过于亲昵的座椅里起身。只有一个小女孩常来看我；为了她我常将门虚掩。写字板近身体一侧弯出弧度，恰好容下写作者的腹部，考虑得真是周到，而远端一侧装着夹子和橡皮圈，纸和笔都能放妥；我这样舒服惯了，甚至有些忘恩负义地埋怨主人没有配上卫生设施——比如据说东方人使用的那种中空管子。

每天下午同一时间，房门会被静悄悄地推开，斯捷潘诺夫夫妇的外孙女端着托盘走进房间，送来一大杯浓茶以及一碟再简单不过的烤面包片。她双眼低垂走上前，小心翼翼地挪动双脚，脚上穿着白色短袜和蓝色跑鞋；茶水几乎要泼出来了，她

1　Maurois（1885—1967），法国作家，作品有描写英国人的小说《布朗伯上校的沉默》、通俗历史著作《英国史》等，尤以《拜伦传》《雨果传》《乔治·桑传》等传记著作闻名。

急忙停下脚步；然后继续慢慢走来，仿佛一个发条玩偶。她长着亚麻色的头发，鼻子上有几颗雀斑，我为她选了一条系着黑腰带的棉布格子裙，让她神秘地走进我正在写的这本《红礼帽》（*Krasnyy Tsilindr*），在书中她成了优雅的小艾米，给予一个死囚犯一点暧昧的安慰。

多么、多么美妙的间奏曲！你可以听到男爵夫人和她母亲在楼下客厅里四手联弹，毫无疑问十五年来她们这样弹了一遍又一遍。我有一盒巧克力饼干来补充烤面包片的不足，来吸引我的小客人。写字板被搁在一边，取而代之的是她交叉的四肢。她的俄语说得很流利但夹杂着巴黎话的感叹词和疑问语气，晃着一条腿，咬着饼干，回答我提的那些人们常拿来问小孩的普通问题时，带着鸟儿般的音调，听来有几分怪异；然后，当我们还在闲聊着，她却蓦地从我怀里挣脱，向门口奔去，好像听见有人在唤她，虽然钢琴声仍在继续阖家欢乐的旋律，那种欢乐我无缘分享，事实上，也从未曾领略。

原本我只想在斯捷潘诺夫家住几个星期；结果却住了两个月。开始时我感觉还不错，至少觉得耳目一新，很舒服，但新用的一种安眠药，初期效果很好，这时候却开始拒绝应对某些幻想，对于这些幻想，正如随后一个难以置信的事件所暗示的那样，我本应该像男人一样屈服，并且无论如何都要好好对待；而我却趁多莉迁居英国之机，为我这副可怜的肉体找了一个新的安身处。这是塞纳河左岸一幢简陋但干净的廉价公寓里的单间，"位于圣苏比斯街角"，我的随身日记措辞严肃，语焉不详。装旧壁橱的地方安了一个原始的淋浴喷头；但其他设施一概没有。我每天出门两三次，去吃饭，喝咖啡，或是到熟食店乱买东西，借此稍稍散散心。我在隔壁街区找到一家专放老西部片的电影院，还有一个小妓院，四个妓女，年龄从十八岁到三十八岁，最小的那个长相最一般。

我将在巴黎生活很多年，作为俄国作家，被生计紧紧缚在这忧郁的城市。回想起来，无论是过去还是现在，那儿都没有任何东西能迷住我，就像迷住我的同胞那样。我不去想巴黎最黑的街道最黑的石头上的血迹；那是不列入恐怖范围的；我只是说，我不过将巴黎——那灰蒙蒙的白昼、黑漆漆的夜色——当作真实忠诚快乐生活的偶然背景：绵绵细雨下脑海中的五彩词句，寒屋桌灯下等待我的一页白纸。

二

一九二五年以来我已经创作并出版了四部小说；到一九三四年初我即将完成第五部小说《红礼帽》，讲述一个砍头的故事。这些书没有一部超过九万字，但我选择和组合字词的方法却断不可称作省时的权宜之计。

小说初稿以铅笔写成，填满了几大册学生用的蓝皮本子，当达到修改饱和点时，尽是无法辨认的字迹和混作一团的涂改。与此相应，篇章凌乱无序，只有寥寥几页顺序清楚，紧接着又是大段大段的插入部分，属于后面或前面的某处情节。在分类整理和重编页码之后，我专心进入下一阶段：誊清稿。以整洁的字迹用钢笔抄写在一本厚重耐用的练习本或账本上。然后，似是而非的完美所带来的所有愉悦将被又一次恣意改动逐渐抹去。当清晰难以为继，第三阶段开始了。我用僵硬的手指缓慢敲打那台忠心耿耿的老 mashinka（机器）——斯塔罗大伯爵送的结婚礼物，一个小时能打出大约三百字，而对于上世纪的某位畅销小说家来说，一个小时则意味着手写出整整一千字。

不过，在写《红礼帽》时，三年来传遍我整个骨架、身体角角落落的神经痛，现在已经到达四肢，使打字幸运地成为不可能完成的任务。少吃我心爱的营养品，比如肥鹅肝和苏格兰威士忌，推迟定制一套新衣服，我估计自己的微薄收入勉强够雇一个专业打字员，我将仔细安排三十个下午的时间，向其口授修改好的手稿。于是我在 *Novosti*[1] 上登出一则醒目的招聘启事，注明了我的姓名和电话。

有三四名打字员来应聘，我选中了柳博芙·谢拉菲莫夫娜·萨维奇，她的祖父是位乡间牧师，父亲是著名的社会革命党人，新近在默东去世，刚刚完成了一部亚历山大一世[2]的传记（枯燥冗长的两卷本《君主和神秘主义者》，现在美国学生能够找到一九七〇年哈佛大学出版社的低劣译本）。

柳芭·萨维奇于一九三四年二月一日起为我工作。她随叫随到，而且让她工作多久她都愿意（特别令人难忘的一次竟创下了一点到八点的纪录）。假如评选俄罗斯小姐，而获奖者年龄延长至三十岁以下，美丽的柳芭就极有可能获此殊荣。她身材高挑，脚踝纤瘦，胸部丰满，肩膀宽阔，红润的圆脸上一双快活的蓝眼睛。她似乎总觉得自己那头红发即将陷入凌乱，因为在和我说话的时候，时不时优雅地抬起手臂轻轻抚弄一侧鬈发。Zdraste[3]，再说一声 zdraste，柳博芙·谢拉菲莫夫娜——噢，多么美妙的组合，柳博芙（lyubov）的意思是"爱"，而谢拉菲（seraph）则是一个改过自新的恐怖分子的教名！

柳·萨真是一名出色的打字员。当我来回踱着，刚念完一

---

1 用拉丁字母转写的俄语，新闻，此处特指一份报纸。

2 Alexander the First（1777—1825），俄国沙皇，联合奥地利、普鲁士和英国，击败拿破仑，组织"神圣同盟"。

3 用拉丁字母转写的俄语，你好。

句，句子便如谷种一般撒入她的犁沟，她已经挑起眉毛注视着我，等待接下来的撒播。即使我在这过程中突然想到更好的表达方式，也不愿破坏我们合作中你来我往的美妙节奏，插入字斟句酌的痛苦停顿——它们如此乏味而令人萎靡，尤其当作者太在意自己的形象，并注意到这位聪明女士正等在打字机旁盼望着提出有益的建议；因此我仅仅满足于在手稿上标出需要改动的段落，以便稍后涂改，尽管会亵渎她完美无瑕的创作；当然，她只有在空闲时才乐意重打这一页。

我们通常在四点左右休息十分钟，或四点半，如果我无法勒住在打字机上喷着鼻息的飞马。她会离开一会儿，关上一扇门又一扇门，动作轻巧得令人毛骨悚然，穿过走廊去简陋的卫生间，然后又悄无声息地再次出现在我面前，鼻子重新上过粉，脸上重新画出微笑，而我则会为她准备好一杯廉价葡萄酒和粉红色的华夫饼干。就是在那些纯真的幕间休息中，命运的主题乐章开始了。

我是否想知道一些事情？（慢悠悠地啜饮，舔一舔嘴唇。）好吧，自从一九二八年九月三日我第一次在普兰尼奥会堂为公众朗诵作品以来，我总共举行过五次朗诵会，每一次她都在场，都拼命鼓掌直到手掌（摊开手掌）发疼，并且暗下决心下次一定要机灵勇敢地挤开人群（是的，人群——没必要这样讥笑）握紧我的手，用简简单单的一个词吐露全部心声，哪一个词呢，她从来没能找到——所以，她总是无可避免地站在空无一人的大厅中央，面带微笑，像个傻瓜。她有一本剪贴册，收集对拙著的评论，其中既有莫罗佐夫、亚布洛科夫的锦绣文章，也有鲍里斯·尼耶特、博亚尔斯基之类劣等文人的垃圾文字，我会因此鄙视她吗？四年前有人在埋葬我妻子骨灰盒的地方留下一束神秘的鸢尾草，我是否知道那个人就是她？我能否想象，我发表在六个国家的流亡者报刊上的每一首诗她都能够背诵？我能否想象，遍布我所有小说的数千处动人细节她全都记得，比如野鸭的呱呱叫声（《塔玛拉》中）"在一个人临终时仿佛有俄国黑面包的滋味，因为他小时候曾把黑面包分给鸭子吃"，还有那副象棋（《兵吃后》中）缺了一个马，"代替它的是一枚筹码，仿佛一个孤儿，来自另一副不为人知的棋局"。

以上这些持续了好几个下午并且得到非常巧妙的提炼，而到了二月底一份《红礼帽》完美无瑕的打字稿装在精致的信封中，由她亲手（又是她）送到《帕特丽雅》杂志社（巴黎最重要的俄文杂志），此时我觉得自己已经陷入一个烦人的罗网。

对于美丽的柳芭，我不仅从未体会到任何欲望的痛苦，甚至正在由麻木冷淡变为彻底反感。她投来的目光越温柔，我的反应就越不像绅士。在她的温文优雅中暗藏粗俗的锋芒，她整个性格中充斥着这种变了味的亲切。我发现了一些令人可悲的东西，并且越来越厌恶，比如她的气味，将一种非常昂贵的香水（我猜是"爱慕"）随意洒在俄国少女不常洗澡的身体上，盖住自然体味：一个小时左右"爱慕"香气犹存，但之后被隐藏的部分开始频繁出击，而当她抬起手臂戴帽子的时候——不过没关系，她是个好心人，我希望她如今是一位幸福的祖母。

如果我详述我们最后一次见面的情形（同年三月一日），那我就是个无赖。只要说这一点就够了：我口授济慈《秋天颂》的俄语译诗，当念到"到处飘浮轻雾，瓜果都已成熟"[1]时，她放声痛哭，然后涕泪交加地倾诉起来，一直把我折磨到晚上八点钟。她终于离开之后，我又牺牲一个小时写了一封长信告诉她不要再来了。顺便提一下，那是她第一次在我打字机上留下一页没有打完的纸。我把它取下，数周之后我又发现它夹在文件里，于是慎重地保存好，因为最终是由安妮特完成这项工作的，有几个拼写错误，最后几行还有删除的痕迹——以及提请注意的组合斜线，类似于双划线。

1　济慈诗歌《秋天颂》（*Ode To Autumn*）中的首句："Season of mists and mellow fruitfulness."

三

在这部回忆录里，我那些妻子和我那些著作互相交织，如同某种水印或藏书票图案；在这部晦涩的自传中——晦涩，是因为它主要涉及的并非平淡无奇的历史，而是海市蜃楼般的情感历程与文学事件——我一以贯之地试图尽可能以漫不经心得近乎残忍的笔调讲述我精神疾病的演变过程。而德门西娅也是我故事中的一个人物。

从一九二二年上半年备受折磨直到三十年代中期，我的健康状况毫无好转。在与真实而体面的生活进行的斗争中，我仍然会突然对支离破碎的空间产生幻觉和重组——万花筒和彩色玻璃般的重组！我仍然觉得地心引力——造就我们这个永恒世界的恐怖而屈辱的因素——仿佛一枚丑恶的脚指甲长入我的身体，带来难以忍受的刺痛感（无忧无虑的傻瓜对此无法理解，他觉得躲在某些东西之下以写作和小钱逃避现实，这其中并没有任何梦幻或痛苦——躲在我们赖以生存的书桌之下，躲在我们死于其上的病床之下）。我仍然无法弄清空间方位的抽象概念，因此对我而言任何给定的空间不是永远的"右手边"就是永远的"左手边"，最多在意志作出脊柱脱臼般的努力之后，两者才能互相转换。哦，亲爱的，我无法告诉你，那些人那些事是怎样地折磨着我！事实上，你当时甚至还没有出生。

记得三十年代中期的某个时候，在阴暗可恨的巴黎，我拜访过一位远房亲戚（就是那位"看小丑"夫人的侄女！）。她是外乡人，上了年纪，非常和蔼。她整天坐在一把直背扶手椅上，任凭三个、四个、更多的疯孩子袭击，贫困俄国贵妇资助协会雇她照看他们，而他们的父母则正在公共交通难以到达的寒酸之地工作，虽然那些地方本身并不那么寒酸糟糕。我坐在她脚边的一张旧垫子上。她滔滔不绝地说着，那么稳当，那么流畅，回忆往昔的辉煌岁月，宁静、富裕、温情。但是，那些流着口水斜着眼睛的小怪物却会从屏风或者桌子后面冲到她跟前，摇她的椅子，扯她的裙子。即使他们的尖叫过于吵闹，她也只是稍作退避，那丝毫没有扰乱她脸上回忆的微笑。她手边搁着一支驱蝇用的掸子，偶尔她会挥一下赶走那些胆大妄为的入侵者；但是自始至终，自始至终，她细水慢流状的自语都不曾停止，而我明白我也不该去理会她身边的骚乱和喧嚣。

我认为我的生活、我的困境、成为我唯一乐趣的词句读音以及与错误的事物形状所作的秘密斗争，所有这些都和那位可怜女士的尴尬处境有着某种相似。告诉你吧，那可是我的黄金岁月，需要防备的只有一小撮扮鬼脸的小妖怪。

我的艺术热情、力量和清晰的风格未受影响——至少在某种程度上如此。我享受——我迫使自己享受——工作的孤独，以及另一种更微妙的孤独，作者躲在明亮的手稿屏障之后面对读者群时的孤独，那散漫无形、藏匿于黑洞的读者群。

从我的床头灯到灯光闪亮的演讲台一角，其间阻隔了无数杂乱的空间障碍，思虑周密的朋友们神奇地帮助我排除障碍，顺利抵达各处遥远的讲堂，使我不必去抢夺一张又小又薄又粘手的汽车票，也不必冒险闯入迷宫般的地铁车站。一旦我安然无恙地登上讲台，将手写或打出的讲稿放上齐胸高的讲台，我就会将在场的三百名窃听者忘个一干二净。一瓶兑了水的伏特加，是我宣讲时心潮澎湃的唯一动力，也是我与物质世界的唯一联系。正如画家打亮教士狂喜的褐色额角，以表现神启的一刻，笼罩着我的光辉也神谕一般精确映照出文稿中每一处瑕疵。有一位传记作家曾注意到我不仅会在削铅笔和把逗号改为分号的时候放慢语速，甚至还会突然停下来凝神思考某个句子，重读，划掉，插进修改，然后"用一种目中无人、洋洋自得的神气再次朗读整个段落"。

我的誊清稿字体很漂亮，但还是觉得看打字稿更舒服，而我现在又没有专业打字员了。在同一份报纸登同样的招聘启事未免鲁莽：万一又把重燃希望的柳芭招来，可如何是好？那些倒霉事岂不是要重来一轮？

我打电话给斯捷潘诺夫，希望他能帮忙；他认为能够帮我，掩着嘴贴在神经质妻子的耳膜边嘀咕了一番（我只听见一句"谁能预料疯子的行为"），然后她接过了话筒。他们认识一个正经女孩，在一家俄国幼儿园工作，四五年前多莉就在那家幼儿园上学。女孩名叫安娜·伊万诺夫娜·布拉戈夫。我是否认识奥克斯曼，居维叶大街俄国书店的老板？

"算认识吧。但我想问你……"

"好吧，"她打断我，继续说道，"他的打字员生病住院的时候，安妮特 sekretarstvovala[1]，不过打字员现在病好了，你可以……"

"很好，"我说，"但我想问你，巴特拉·阿布拉莫夫娜，你为何骂我是'难以预料的疯子'？我可以向你保证我没有强奸年轻女士的习惯……"

"Gospod's vami, golubchik!（你怎么这么想，亲爱的！）"斯捷潘诺夫太太嚷道，接着解释说那是在责怪她丈夫接电话时心不在焉地坐在了她的新手袋上。

尽管我对她的话一个字都不信（太快！太伶牙俐齿了！），但我还是假装相信了，并且答应去拜访那位书商。几分钟后正当我要打开窗户并在窗前脱光衣服（刚成鳏夫那会儿，温柔的春夜是能想象到的最舒适的偷窥时间），巴特拉·斯捷潘诺夫又打电话来说，牛人[2]（战栗，当我的艾丽斯在莫罗博士海岛动物园的时候，尤其当她看到"尖叫的动物"，半缠着绷带逃出实验室！）要在他的书店里待到天亮，守着那些遗传了噩梦的账簿。她知道，嘿嘿（俄国人才有的笑声），我有梦游症，所以说不定我会去博扬书店逛逛，一刻也不迟缓，糟糕的措辞。我会去，真的。

1　用拉丁字母转写的俄语，做过他的书记员。

2　Oxman，与奥克斯曼（Oksman）谐音。

结束令人不快的电话之后，我觉得在辗转难眠和步行去居维叶大街之间已无须抉择，居维叶大街通向塞纳河，根据警方数据，在两次大战之间平均每年有四十名外国人以及天知道多少不幸的本国人溺亡于塞纳河中。我从没体会过一丝一毫的自杀冲动，那是对自我（无论从哪方面来说都是极其珍贵）的愚蠢浪费。但我必须承认，那天夜里，在我的爱人去世四周年、五周年或五十周年的忌日，我的形象———一身黑衣、夸张的围巾———一定令河滨警署的普通警员感到可疑。而尤其糟糕的迹象是，一个人不戴帽子边走边哭，令他感动的诗句不是他自己写的，而是他误当作自己写的却退缩不敢承认，并怯懦得不敢作任何改动：

Zvezdoobraznost' nebesnyh zvyozd

Vidish' tol'ko skvoz' slyozy ...

（唯有透过眼泪才能看见

天国的星射出星光。）

现在我当然大胆得多，大胆而自豪，远胜过当年那个形迹可疑的小流氓———那天晚上有人看见他逡巡于一眼望不到尽头的围墙（七零八落地贴满海报）和一排路灯之间，轻柔的灯光令人心动地点亮了上头一片嫩绿的椴树叶。现在我承认，那天、第二天以及此前的夜里，我都受到某种梦境的困扰，我感到在这个星球或者其他星球上另有一个人，另有一段人生，而我的人生是他的异卵同胞，是对他的拙劣模仿，是他的劣等变体。我觉得，恶魔正迫使我模仿那个人、那个作家，无论是此刻还是将来，他都要比你那忠实的仆人更伟大、更健康、更残忍。

四

"博扬"出版公司(我和莫罗佐夫的出版公司"青铜骑士"是其主要竞争对手)下辖一家书店(不仅出售本地流亡者书籍,也从莫斯科引进小说)和一个外借图书馆,占据了一幢类似公馆建筑的三层小楼。我在巴黎的时候它左右两边是车库和电影院:四十年前(在逆向变形的景观中)车库的位置曾是一座喷泉,而电影院的位置则是仙女群像。这幢房子本来属于墨林·德·马洛尼家族,世纪初落入德米特里·德·米多夫,一位俄罗斯的世界主义者手中,他和朋友 S. I. 斯捷潘诺夫在此建立了反专制阴谋集团总部。斯捷潘诺夫喜欢回忆老式叛乱的暗号:客厅窗帘拉下一半,窗台上摆着雪花石膏花瓶,这是向约定前来的俄国访客表示一切正常。当年的地下革命活动常带有审美色彩。米多夫死于一战后不久,而恐怖分子——那些朋比为奸的人都属于恐怖分子——早已失去了斯捷潘诺夫所谓的"风格魅力"。我不知道后来是谁得到了这幢房子,也不知道奥克斯(奥西普·利沃维奇·奥克斯曼,约一八八五年至约一九四三年)是如何租到它来经营生意的。

房子黑沉沉的,除了三扇窗:楼上中央有两方毗邻的长方形光亮,d8 和 e8,欧洲大陆的标记法(字母表示纵列,数字表示棋盘的横排),另一方光亮就在楼下的 e7。天哪,我把写给未知的布拉戈夫小姐的便条忘在家里了么？没有，它还在我前胸口袋里，在那条破旧、珍贵、又热又长的三一学院围巾下面。我停下来，右边是一扇边门——标着"杂志"，左边是正门，门铃上方贴着象棋王冠。最后我选择了王冠。我们下的是闪电快棋：我的对手立即行动，打开前厅d6的电扇。你不禁要问也许这幢房子并没有下面五层来构成整个棋盘，而在神秘的地下室里，也许新来的人根本猜不透邪恶独裁者的灭亡过程。

奥克斯是个骨瘦如柴的高个儿老头，长了一颗莎士比亚式的脑袋，一开口就说他有机会恭迎《描绘器》的作者感到十分荣幸——而我趁机将带来的便条往他张开的手掌里一塞，就想抽身离开。他和歇斯底里的艺术家打过交道。没有人能抵御他那平淡温文的待人之道。

"是的，我都知道了，"他说着，握住我的手拍了拍，"她会打电话给你的；说实话，要是谁不得不雇那位反复无常、心不在焉的年轻女士，我可一点也不羡慕。我们上楼去我的书房，除非你情愿——不，我想不会，"他继续说道，推开左手那扇双重门，不知何意又将灯光打开了一会儿，眼前出现一间阴冷的阅览室，一张铺着厚毛呢的长桌，几把肮脏的椅子，几座俗气的俄国古典雕像，与之格格不入的是天花板上的精美绘画，一串串紫色、粉色、琥珀色的葡萄围绕着一大群赤身裸体的孩子。右侧（另一盏灯被试着打开）是一条短通道，通往书店，记得我在那里和一个不讲礼的老太太吵过架，我不想为自己的几本小说掏钱，可她死活不同意。然后我们走上楼梯，曾经是富丽堂皇，现在则成了维也纳梦幻喜剧里也难得一见的东西——两边的栏杆很不搭调，左边是新装的坡道栏杆，丑极了，右边却仍是精雕细刻的原物，虽然难逃厄运，破败不堪，但依然保留着独具神韵的木雕以及形如放大棋子的支柱。

"我很荣幸——"我们一走进他所谓的 Kabinet（书房），奥克斯又从头开始说起来。书房在 e7，堆满了账簿、打了包的书、拆了包的书、房子一般的书、成堆的报纸、小册子、校样以及薄薄的白色平装本诗集——悲惨的废品，用的都是当时流行的冷静、节制的标题——Prokhlada（冷静），Sderzhannost（节制）。

他这种人，说话总是被这样那样的原因打断，但在我们这个神圣的银河系，没有任何力量能够阻止他将基本的或者诗意的句子表述完整，除非再次被打断，除非和他说话的人死了（"医生，我正要跟他说……"），或者突然进来一条龙。事实上每次被打断都有助于斟酌措辞，发现最终形式。同时没有结束的句子令人痛苦焦虑，会毒害心灵。这比到家之前不能挤掉脸上的粉刺更糟糕，而同样糟糕的是被判无期徒刑的人回忆起被可恶的警察消灭在萌芽状态的最后一次未遂强奸。

"我深感荣幸，"奥克斯终于把话说完了，"能够在这座历史建筑中恭迎《暗光描绘器》的作者，以我愚见，那是您最出色的作品！"

"的的确是愚见，"我尽量按捺住自己（雪崩前尼泊尔的乳白冰块），说，"你这蠢货，因为我那部小说叫《投影描绘器》。"

"是啊，是啊，"奥克斯说道（真是一个十分可爱的人，一位绅士），沉默了很久，其间剩下的门窗和灯全都打开，仿佛童话电影里梦幻般的花朵，"一时口误不值得如此严厉的指责。投影，投影，当然！对啦——说到安娜·布拉戈夫（另一件没有说完的事——或者，谁知道呢，是令人感动的尝试，用一件有趣的逸事来转移我的注意力并让我平静下来），我不敢肯定你是否知道我是巴特拉的表兄。三十五年前在圣彼得堡她和我在同一个学生会做事。当时我们准备刺杀总理。真是过分！必须严格确定他的日常路线；我是负责监视的人之一。每天站在某个角落，装扮成卖香草冰激凌的小贩！你能想象吗？我们的计划毫无结果，全被阿泽夫挫败了，那个伟大的双重间谍。"

我看不出继续逗留还有什么意义，但他拿出一瓶干邑白兰地，于是我喝了一杯，因为我又开始发颤了。

"你的《描绘器》，"他一边说，一边翻阅起账簿，"在我店里卖得不错，很不错：去年上半年卖出二十三本——对不起，是二十五本，下半年卖出十四本。当然，真正的声望，不只是商业上的成功，而要依靠在外借部的表现，而你的作品在外借部都很受欢迎。空口无凭，我们上楼去书架看看。"

我跟随精力充沛的主人上了楼。外借图书馆像巨大的蜘蛛一般扩张，像可怕的肿瘤一般鼓胀，像不断伸展的谵妄世界一般压迫着头脑。在昏暗的书架间我看见一方光明的绿洲，一群人围坐在椭圆桌子旁。那色彩鲜明而浓烈但同时又如此遥远，宛若神灯中的图景。红色的葡萄酒、金色的白兰地伴随着热烈的讨论。我认出其中有批评家巴锡列夫斯基，对他极尽阿谀奉承之能事的赫里斯托夫和博亚尔斯基，我的朋友莫罗佐夫，小说家希普格拉多夫和索科洛夫斯基，畅销社会讽刺小说《我们时代的英雄》的作者，一无所长的老实人苏克诺瓦洛夫，还有两位青年诗人，拉扎雷夫（诗集《宁静》）和法尔图克（诗集《沉默》）。有几个人把头转向我们，和善的莫罗佐夫甚至竭力站起来，咧嘴笑笑——但我的主人说他们正在讨论事情，不该去打扰。

"你看到了，"他补充道，"一本新文学评论《素数》的酝酿；至少他们认为正在酝酿；而实际上，他们在喝酒闲扯。现在请让我带你看样东西。"

他把我带到远远的一个角落，得意洋洋地将手电筒对准放我作品的书架。

"看，"他喊道，"卖出多少啦。《玛丽公主》全都卖完了，我是说《玛丽》——该死的，我是说《塔玛拉》。我喜欢《塔玛拉》，我是说你写的《塔玛拉》，不是莱蒙托夫或鲁宾斯坦写的。原谅我。到处是该死的名著，人都被弄糊涂了。"

我说我有些不适，想回家了。他提出陪我回去。或者我可以叫出租车？我不想。他不时用粉嘟嘟的手指鬼鬼祟祟地将手电筒朝我脸上照，看我是否真会晕倒。他一边安慰着我，一边领我走下旁边的楼梯。至少，春天的夜色让人感觉真切。

奥克斯沉思片刻，抬头望一眼灯光明亮的窗子，然后朝一个值夜班的人招招手，那人正抚摸着出来遛狗的邻居家那只可怜巴巴的小狗。我看见我那位体贴周到的同伴和那个身穿灰披风的老家伙握了握手，然后指一指饮酒狂欢者的窗子，然后看看手表，然后给那人小费，和他握手道别，仿佛步行到我住所的十分钟路程是充满艰险的朝圣。

"好吧，"他走到我身边说道，"假如你不想叫出租车，就让我们走着去吧。他会照顾我那些被囚禁的客人。我想多听你谈谈你的工作和生活。你的同僚都说你'傲慢而且孤僻'，就像奥涅金向塔吉雅娜描述自己那样，但我们不可能都是连斯基，对不对？让我利用这次愉快散步的机会描述一下我和你那位大名鼎鼎的父亲的两次会面。第一次是第一届国家杜马时期在歌剧院里。我当然认得杜马那些杰出议员的肖像。我当时还是个穷学生，坐在顶层楼座，看见他出现在玫瑰色包厢，带着妻子和两个小男孩，其中一个必定就是你。另一次是十月革命即将胜利时在一场时政讨论会上；他紧接着克伦斯基[1]发言，我们那位慷慨激昂的朋友和你父亲形成了鲜明的对比，他说起英文来沉着冷静，不用任何手势……"

"我的父亲，"我说道，"在我出生前六个月就去世了。"

"唉，我似乎又犯了一个愚蠢的错误，"奥克斯说，摸摸索索地掏出手帕，擤擤鼻子，动作夸张得好像果戈理《钦差大臣》中扮演市长的瓦拉莫夫，将擤出来的东西仔细包好，装

1　Kerenski（1881—1970），俄国社会革命党人、第四届国家杜马中劳动派领袖，曾在临时政府中先后担任司法部长、陆海军部长、最高总司令，十月革命后组织反苏维埃的叛乱，逃亡国外。

进口袋。"是的，我无缘见到你。但是那形象一直留在我的脑海里。那对比真是鲜明。"

我后来又遇到过奥克斯，至少有三四次，在二战前日渐艰难的那几年里。他常常对我会心地眨眨眼睛，仿佛我们之间有某种隐秘而调皮的秘密。他那座堂皇的图书馆最终被德国人夺走，而德国人又把它让给俄国人，后者才是那场旷日持久的游戏中技高一筹的掠夺者。奥西普·利沃维奇本人则将死于一次勇敢的逃亡——光着双脚，内衣浸透鲜血——当他就要成功逃出纳粹集中营的"实验医院"。

五

　　我父亲是个嗜赌的浪子，在社交圈里人称"魔鬼"。弗鲁贝尔为他画过一幅肖像，吸血鬼一般苍白的脸颊，杏核眼，黑头发。而留在调色板上的色彩，为我，瓦季姆，瓦季姆的儿子所用，在我最出色的英文版骑士故事《阿迪斯》（一九七〇年）中，渲染出热情兄弟的父亲形象。

　　父亲出身于王公家庭，祖上曾辅佐过十几位沙皇，他本人则置身于田园诗般的历史边缘。他的政治观属于随意、反动那一类。他过着复杂而令人眩晕的物欲生活，但他的教养却零碎而平常。他一八六五年出生，一八九六年结婚，一八九八年十月二十二日死于手枪决斗，对手是一个法国青年，之前两人在灰色诺曼底度假胜地杜维尔的牌桌上发生争执。

　　一个好心、荒唐、昏头昏脑的老笨蛋将我错当成另一个作家，这事儿也许并不令人特别沮丧。我自己也曾在演讲中把席勒说成雪莱。但是，一个傻瓜的口误或记忆错误会突然间建立起与另一个世界的联系，而就在此前，我还满怀恐惧地想象自己也许永远在模仿某个真实存在的人，在我眼泪和星号汇成的星座之外——那才令人无法忍受，那竟然也敢发生！

　　可怜的奥克斯曼的告别和道歉声刚一消失，我立即扯掉蛇一般扼住脖子的条纹羊毛围巾，用密码记下我和他见面的每一个细节，又画上一条粗粗的下划线，打上一串问号。

我是否应该忽略这一巧合及其寓意？或者，我是否应该重新规划整个人生？我是否应该放弃我的艺术，另选一项事业，钻研国际象棋，或者，比如说去研究蝴蝶，或者做一个无名学者花上十几年把弥尔顿的《失乐园》译成俄文，使劣等文人退缩而使庸才拜服？但是只有小说创作，只有对变动不居的自我进行不间断的再创造，才能使我多少保持神志健全。最后，我不过是抛弃了我的笔名，那个腻味又难免误导的"V. 艾利鑫"（艾丽斯曾说过这个名字听上去好像我是一幢别墅），而恢复我的本名。

我决定在流亡者杂志《帕特丽雅》上首次连载新小说《挑战》时就署这个名字。我已经用绿墨水（使我工作显得更有趣的安慰剂）完成了小说第一章的第二或第三次誊清稿，这时候安妮特·布拉戈夫跑来谈工作时间和条件。

一九三四年五月二日，她来了，迟到半小时，和很多人一样毫无时间观念，将迟到归咎于无辜的手表，似乎它是用来记录动作而不是时间的。她大概二十六岁，金发，讨人喜欢但算不上大美人。她的外套是定做的，里面配一件白色荷叶边丝衬衫，领间系着蝴蝶结，看上去很喜庆，一侧翻领上还别着一串紫罗兰。剪裁合体的灰短裙更是让她大出风头，总之，她比普通的俄罗斯女孩儿更时髦，更讲究。

我向她解释说（后来她告诉我说，我的嘲讽口气让她吃惊，好像一个愤世嫉俗的人在品评一个可能的被征服者，听起来很不舒服）我打算每天下午向她口授被改得面目全非的草稿，以及或多或少的誊清稿，由她"直接在打字机上"（pryamo v mashinku），这些我都有可能在 A.K. 托尔斯泰所谓"夜晚孤独的时候"再次修改，她则必须在第二天重打。她没有脱下严丝合缝的帽子，但摘了手套，噘起涂得粉艳艳的嘴唇，戴上大玳瑁眼镜，这样一来她似乎更漂亮了些：她急着想看我的打字机（她那冷若冰霜的庄重能让圣贤变成好色的小丑），她得赶另一个约会，但只想看看那机器是否合用。她褪下绿色圆宝石戒指（我将在她离开后发现），似乎正要试着敲几下，但仔细再看就满意地发现这机器和她自己的是同一个牌子。

我们的第一次合作非常糟糕。我已经谨慎地意识到自己是一个紧张的演员，但却没有考虑到同台演出者会错过或误会一半的提词。她请我不要说得那么快。她讲出一些蠢话扰乱了我的思路："俄语里没有这种表达"，或者"没人听说过那个词（vzvoden'，骇浪）——为什么不说'巨浪'，如果你就是这个意思？"每当愤怒打断了我的节奏，使我不得不多费时间在不再熟悉的删除和加字号的迷宫中清理句子，她就会往椅背上一靠，仿佛挑衅的殉道者一般等待着，竭力忍住呵欠或者审视自己的指甲。她优雅而鲁莽地敲打了三个小时后，我检查她的成果。稿纸上尽是拼错、打错和丑陋的涂改痕迹。我非常委婉地说她似乎并不习惯处理文学性（也就是不单调的）东西。她回答说我错了，她酷爱文学。事实上，她说，前五个月里她刚读过高尔斯华绥（俄文版）、陀思妥耶夫斯基（法文版）、普多夫-乌苏洛夫斯基将军的历史巨著《沙皇伯龙斯坦》（俄文原版），以及《大西洋岛》（我以前没有听说过，但词典里说作者是法国小说家皮埃尔·博努瓦[1]，出生于塔恩河畔的阿尔比）。她知道莫罗佐夫的诗歌吗？不知道，无论何种形式的诗歌她都不太关注；它与现代生活的节奏不合拍。我责怪她一本我的小说都没读过，她听了很不高兴，也许还有些害怕（这个小傻瓜是怕我解雇她），立即保证从现在开始留心我的所有作品，当然更要把《挑战》牢记于心，她的保证竟使我产生一种充满色情意味的奇怪满足。

读者肯定已经注意到我只是非常笼统地提及我在一九二○年和一九三○年代创作的俄文小说，因为我假定他熟悉这些小说，或者能够轻而易举地买到英文版。然而此刻，我必须多说说这部《挑战》（原题"*Podarok Otchizne*"，可以译为"献给祖国的礼物"）。一九三四年我开始向安妮特口授小说第一章的时候，就知道这将是我最长的一部小说，尽管我没有预见到它的长度几乎赶上了普多夫将军那部讲述犹太智者如何篡夺圣俄罗斯的无耻空洞的"历史"小说。我前后用了四年时间写完该书的整整四百页，其中的许多页安妮特至少打了两遍。小说大部分内容在流亡者杂志上连载，直到一九三九年五月我和她去美国——当时还没有小孩；不过书的出版，俄文本是在一九五○年（屠格涅夫出版社，纽约），英文译本则又要等上十年，英

1　Pierre Benoît（1886—1962），法国作家，幻想小说《大西洋岛》（1919）是其代表作。

文译本的题目不仅是指迷惑傻瓜的那种众所周知的方法，而且恰如其分地表现出主人公兼叙述者维克多的蛮勇本性。

小说开头以怀旧的笔触描写一个俄国人的童年（比我的童年幸福得多，虽然几乎同样富有）。之后是在英国度过的青年时期（与我本人在剑桥的经历不无相似）；接着是在巴黎的流亡生活，第一部小说的创作（《一个鹦鹉爱好者的回忆录》）以及各种文学阴谋活动中饶有趣味的纠结。中间完整插入由主人公维克多"挑战"撰写的一本书：是有关陀思妥耶夫斯基的简要评传，我的这位作者认为陀思妥耶夫斯基的政治观点很可恶，并指责他的小说荒诞不经，其中的黑胡子杀人犯纯属耶稣基督传统形象的反面，而那些哭哭啼啼的妓女则是从早年间的伤情小说借来的。下一章写流亡评论家的愤怒和迷惑，他们都是具有陀思妥耶夫斯基式宗教信念的传道士；小说最后，那位年轻的主人公接受一个交际花的挑战，完成了一项无谓的壮举：步行穿越一片危险森林进入苏维埃境内，再逍遥地信步返回。

以上内容概要应当是最迟钝的读者也能从《挑战》中记住的，除非他一合上书本，部分脑细胞就被电解破坏了。如今健忘成了安妮特脆弱魅力的一部分，健忘掩盖了一切，在一切行将结束之际，仿佛夏日暮色中的薄霭，湮没了山峦、云彩，甚至它自身。我知道我好几次见到她，膝头懒懒地搁着一本《帕特丽雅》，双眼追随书页上的文字钟摆般晃动，表明她在阅读，最后一直抵达《挑战》连载底部的"未完待续"。我也知道小说的每一个字以及大部分逗号都是她打的。但事实上她什么也没有记住——那也许是因为她自始至终都认定我的文字不仅"难"而且密（"简直密不透风"，再次引用巴锡列夫斯基对我的赞扬，那一刻——来得恰是时候——他意识到小说第三章中兴致勃勃的主人公维克多所嘲讽的正是他的举止和思想）。我得说我乐意原谅她对待我作品的态度。在公众朗读会上，我欣赏她在公众场合的微笑，希腊雕塑般的"古老"笑容。当她的父母恐惧地要求看我的作品时（就像疑心的内科医生要求检查精液样本），她错把另一个人的小说给了他们，因为两本书的题目愚蠢地相似。唯一真正令我震惊的是，我偶尔听到她告诉某个白痴女友，我的《挑战》是"切尔诺留波夫和多勃罗舍夫斯基"的传记！她和我争辩起来，因为我反驳说只有疯子才会给两个三流政论作家作传——何况还要把他们名字的第一个音互换！

六

　　我已经注意到，或者说似乎已经注意到，在我漫漫一生中，每当即将坠入爱河甚或尚未意识到已坠入爱河，都会做一个梦，在黎明时分在多少有些孩子气的场景中，我被带到某个潜在情人面前，与之相伴的是剧痛的困扰，当我是孩子、是青年、是疯子、是行将就木的老色鬼时都曾领教过的困扰。这种重现的感觉（"似乎已经注意到"）极有可能是与生俱来的：比如，那样的梦我可能只做过一两次（"在我漫漫一生中"），而且梦境也是再熟悉不过的。相反，梦中的场所却不是我熟悉的房间，而仿佛是我们儿时圣诞化装舞会或仲夏命名日第二天醒来时所身处的房间，在一幢大房子里，属于陌生人或远房表亲。还记得那床，在这样的场景中是两张小床，搬进来靠着两侧墙壁放置，房间也并非卧室，没有任何家具，除了那两张独立的床：在梦境以及早期小说中，房子的主人都很懒，或者都很节俭。

　　我躺在一张床上，发现自己刚从一场只有程式意义的连续梦境中醒来；靠着右手（也给出方向）墙边的那张床上躺着一个姑娘，在此次特定情况下（按白天计算应该是一九三四年夏天）是一个更年轻、更纤瘦、更快活的安妮特，正在嘻嘻哈哈、悄悄地自言自语，但实际上，下身的脉搏加速告诉我：她是佯装说话，说话是为了我，为了引起我注意。

我又想到——这想法更加快了搏动——男孩、女孩被安排睡在一间临时房间里多奇怪：毫无疑问是搞错了，或者也许房子已经住满，而两张床之间隔着空旷的地面，这距离足以保证两个孩子（我一生的平均年龄始终是十三岁）行为得体。快乐已经满到杯口，趁它尚未溢出，我踮着脚尖跑过拼花地板从自己床上跳到她床上。她的金发挡住了我的亲吻，但我的嘴唇很快找到了她的脸颊和脖子，她的睡衣系着扣子，她说女仆已经进屋了，但为时太晚，我无法控制自己，而那女仆——就是个美人，就看着我们，哈哈大笑。

那个梦是我遇见安妮特大约一个月之后做的，她在梦中的形象，她早些时候的声音、柔软的头发、娇嫩的皮肤，令我陶醉令我惊喜——我惊喜地发现自己爱上了布拉戈夫小姐。梦境发生的那段时期，她和我仍然保持正式关系，事实上是超正式的关系，所以我不能把这场梦及其启发和联想（如在此记录的）告诉她；而仅仅一句"我梦见你了"则不过是老生常谈。我的做法更大胆也更体面。在向她揭示（说到另一对夫妻时）她所谓的"严肃意图"之前——甚至在解答我为什么会真的爱上她这个谜语之前——我决定告诉她我有难以治愈的疾病。

七

她优雅,她慵懒,她时而如天使,但更多时候却愚蠢不堪。我孤独,惊恐,欲火难耐——虽然还没有鲁莽到不警告她,通过一个生动的例子——半是范例半是实例——她轻易接受了,因为她同意嫁给我。

仁慈的女王

安娜·伊万诺夫娜!

(英语:亲爱的布拉戈夫小姐)

在向您口述一个至关重要的主题以使您愉快之前,我请求您和我一同进行一个实验,这个实验将比学术论文更清晰地描述我那错位的神经水晶中一个最典型的平面。实验是这样的。

蒙您许可,此刻是晚上,我在床上(当然是衣着整齐,每个器官都安详宁静),仰卧,想象一个普通场所的普通时刻。为更好地保证实验的纯洁,让我们虚构这个身临其境的场所。我想象自己走出一家书店,在路边稍作停顿,准备穿过马路去正对面的路边小咖啡馆。没有看见一辆车。我穿过马路。我想象自己到达小咖啡馆。午后的阳光洒满一张椅子和半张桌子,而其他露天区域空空如也,非常宜人:阵雨过后,只留下一片明亮。这时我突然停住,因为想起自己带了一把雨伞。

亲爱的安娜·伊万诺夫娜，我并不想使您厌烦，更不希望听见下面第三或第四页纸被哗啦啦揉成一团，这声音只有处罚单才会发出；但上述场景算不上特别抽象或简略，所以请允许我重复一遍。

我，瓦季姆·瓦季莫维奇，你的朋友和雇主，在完全的黑暗中（一分钟前我起身重新拉好窗帘，挡住两段折痕间透出的月光）仰卧在床上，我想象白天时候的瓦季姆·瓦季莫维奇从书店前穿过马路来到路边咖啡馆。我被垂直的自我包围：不能朝下看只能朝前看，所以只能间接意识到我肥胖身躯的模糊的前部、交替前行的鞋尖以及胳肢窝下长方形皮包的形状。我想象自己走满二十步到达对面的人行道，然后停下来骂了一句不雅的粗话，决定回去拿我忘在书店里的伞。

有一种痛苦还没有名字；安娜（你必须允许我这样称呼你，我长你十岁而且病得厉害），我的方向感，或者更确切地说是空间想象力出现了严重问题，因为此刻，当我身处黑暗，躺在床上，我无法想象简单的向后转（这个在现实中我想也不用想就能完成的动作！），无法立刻在头脑中想象自己面对曾经穿过的柏油马路，无法想象书店玻璃橱窗出现在视线范围内而不是在我身后。

让我简单描述其中的程序；我不能有意识地在头脑中处理这一程序——我那笨拙而不听话的头脑！为使自己想象这个至关重要的过程，我不得不硬把周围的场景旋转到反面：亲爱的朋友兼助手，我必须设法转动整条街，使街边房子的庞大正面，无论是面前的还是身后的，都从一个方向慢慢扭转一百八十度到另一个方向，就像抓住笨重的舵柄转动一个生锈的难以驾驶的舵，将自己有意识地，比如说，从一个面向东方的瓦季姆·瓦季莫维奇逐渐转成一个让夕阳刺得睁不开眼的瓦季姆·瓦季莫维奇。只要一想到那个动作，躺在床上的人就会头晕目眩，宁愿彻底放弃向后转，也就是说，抹去视觉的写字板，而开始想象返程，仿佛这就是最初的情景，之前没有穿过大街，所以也就没有中途的恐慌——挣扎着寻找方向的恐慌，在此过程中心胸被压垮的恐慌！

就是这样。听上去很乏味吧，说到精神错乱这事，确实，如果我不再去想它，就能把它缩小为一个无关宏旨的小错误——天生九指的畸形人所失去的那个小指头。然而，仔细想一想，我就不禁怀疑它是一个危险的前兆，预示着某种精神疾患，最终会影响整个大脑。即便那种疾患或许并不像风暴预警所称的那样迅疾凶猛，但是安妮特，我只想让你知道我的病情，在我向你求婚之前。不要写信，不要打电话，不要提这封信，如果你星期五下午能来我这儿；但是，假如你果真会来，作为吉兆，请戴上粗呢帽，就是看上去像一束野花的那顶。我希望你庆贺自己酷似波提切利《春》中从左数第五个女孩——挺直的鼻子，凝重的灰眼睛，金发上戴着花饰，那幅画是一个春天的寓言，我的爱，我的寓言。

星期五下午，两个月来她第一次如我的美国朋友们说"准点"前来。痛苦切入我的心房，小黑妖开始在房间里玩抢椅子游戏，因为我注意到她戴的是平时常戴那顶帽子，毫无兴趣，毫无意义。她在镜子前脱下帽子，突然以往常少有的声音大叫一声："天哪！"

"Ya idiotka[1]，"她说，"我真是个傻瓜。我在找那顶漂亮的花冠，爸爸开始给我读一段你某位祖上与彼得雷帝争吵的事情。"

"是伊凡雷帝，"我说。

"我当时没听清名字，但我觉得快迟到了，就急忙戴上这顶裘皮帽子，没戴花冠，就是你说的那顶花冠，你要我戴的花冠。"

我帮她脱下外套。她的话让我心中注满摆脱了梦境的恣意。我抱住她。我的嘴唇搜寻着她脖子与锁骨间温热的凹陷。这个拥抱短暂但热烈，我热血沸腾，虽然仅仅是谨慎、甜蜜地将身子贴着她，一只手托住她紧实窄小的臀部，另一只手拨弄她琴弦般的肋骨。她浑身颤抖起来。一个奔放但不解风情的少女，她不明白我为什么松手，是突然睡着了，还是船帆突然失去了风。

她是不是只读了我那封信的开头和结尾？嗯，是的，她跳过了富有诗意的那部分。换句话说，她根本不知道我想要说什么？她保证，她说，会重读一遍。不过，她已经领会我爱上她了吗？是的，但她凭什么肯定我果真爱上她？我是那么奇怪，那么，那么——她说不清楚——是的，方方面面都奇怪。她从

---

1 用拉丁字母转写的俄语，好傻。

未遇到过像我这样的人。那么她遇到过谁，我问：采煤工人？长号手？天文学家？对了，多半是军人，假如我想知道的话，弗兰格尔部队里的军官们，绅士、风趣的人物，常把危险和职责挂在嘴边，以及俄罗斯大草原上的露宿地。哦，不过看看，我一样也能说"沙漠漫步，艰苦的开采，岩石"——不，她说，他们不是在虚构。他们谈到被他们绞死的间谍，他们谈到国际政治，谈到揭示生活真谛的新电影或新书。而且从来不说低俗的笑话，从来不作有伤风化的讨厌对比……难道我书里就有吗？举个例子，举个例子！不行，她不愿意举例子。她不愿意被钉住了转个不停，就像一只没翅膀的苍蝇。

或者蝴蝶。

一个晴朗的早晨，我们在贝尔方丹郊外散步。什么东西扑腾一下就停住了。

"看那小丑，"我低声道，用胳膊肘小心翼翼地指了指。

郊外花园的白墙上，一只平展开对称翅膀的蝴蝶正在晒太阳，是艺术家将它微微倾斜着置于画中。这小东西被涂成明媚的红色，黑色斑点间嵌着黄色；锯齿状翅膀边缘是一排蓝色蛾眉月。唯一令人心惊的是闪闪发光的青铜色细丝纷纷落在小动物身体两侧。

"我以前是幼儿园老师，我可以告诉你，"安妮特热心地说，"这是一只再普通不过的荨麻蛱蝶。曾经有多少小手拔下它的翅膀拿来给我看，就为了得到我的表扬！"

它扑腾一下不见了。

八

　　由于需要完成的打字工作量，以及她速度之慢、质量之差，她要我答应工作时不要用俄国人所谓"牛犊式拥抱"去干扰她。工作之余她也只允许我克制的亲吻和轻轻的拥抱：她说我们第一次拥抱很"粗暴"（之后她很快了解到某些男性隐秘）。在被爱抚的自然过程中，柔弱感和无助感将她淹没，但她竭力掩饰着，在我的怀抱里悸动，然后清教徒一般皱紧双眉，把我推开。有一次，她的手背不经意间碰到我裤子绷紧的前侧；她冷冷地用法语说了声"对不起"，而当我说我希望她没有伤着自己时，她立刻面露愠色。

　　我抱怨说我们之间的关系正朝荒唐、过时的方向转变。她想了想，答应说一旦我们"正式订婚"，就可以进入一个更现代的时期。我向她保证我每时每刻都在准备迎接这个时期的到来。

　　她和父母同住在帕西的一套两居室公寓里，她带我去见他们。她父亲在十月革命前是名军医，短短的白发，修剪过的胡子，整齐的唇髭，长相酷似（无疑是迫不及待地想以全新印象去修补残破的过去）一九〇七年冬天给我治疗"肺炎"的那位医生，此君态度和蔼但手指（及耳垂）冰冷。

　　就像许多失势或放弃旧业的俄国流亡者一样，很难说清布拉戈夫医生的收入来源。他似乎靠两种方式捱过阴郁的晚年：要么是一本接一本地读厚杂志（一八三〇年至一九〇〇年或一八五〇年至一九一〇年），都是安妮特从奥克斯曼图书馆借来的；要么是坐在桌边，用烟丝注入器不时咔嗒一声填充半透明的盒装香烟，他每天吸烟不超过三十支，以避免夜间出现介脉。他实际上根本不和人交谈，也无法准确复述任何他在破损的"俄国古代史"巨著中读到的不计其数的野史掌故——难怪安妮特总是记不住她为我打的诗歌、散文、故事和小说（我知道这样埋怨是喋喋不休，但我的确耿耿于怀——这个词引自麦地那龙线虫，一种"婴儿龙"）。我见过几位绅士至今还穿假衬衫和橡皮靴，他就是其中之一。

他问我——我记得的唯一一个问题——为什么不印出我那个悠久姓氏前的贵族头衔。我回答道我颇为自负，认为差劲的读者天生就能看出作者的出身，但也希望优秀的读者对书更感兴趣，而不是作者的血统。布拉戈夫医生是个愚蠢的老家伙，他那截可拆卸的衬衫袖口本可以洗得更干净些；但是今天，当我满怀悲痛地回忆过去，却很怀念他：他不仅是我那可怜的安妮特的父亲，而且是我那可爱、或许更为不幸的女儿的外祖父。

布拉戈夫医生（一八六七年至一九四〇年）四十岁时娶了基涅什马城伏尔加镇上的一位美人，基涅什马位于我家最浪漫的一处乡间别墅以南数英里，那儿的野山溪谷非常著名，如今成了碎石场或屠杀地，当时却是一片优美的低地花园。

那位美人精心梳妆，说话时扭捏娇笑，名词和形容词说得过于深情，虽然俄语是公认地有许多小词，但也只是容忍婴儿或温柔的护士用湿润的嘴唇那样说名词和形容词［"这是，"布拉戈夫夫人说，"你的 chaishko s molochishkom（茶加了一点点奶）"］。我认为她是一个非常饶舌、和蔼而乏味的女人，穿衣很有品位（她在时装店工作）。可以感觉到这个家里气氛紧张。安妮特显然是一个不好伺候的女儿。我在她家没待多久就不由自主地注意到母亲跟她说话时的语调带着一丝谄媚和不安（notki podobostrastnoy paniki）。安妮特时常暗暗用蛇一般的眼神示意她母亲别再滔滔不绝了。当我告辞时，那位老姑娘还自以为是地恭维我道："你说俄语带巴黎口音，而你的举止像英国人。"引得身后的安妮特低低喝了一声警告她。

当天晚上我就写信给她父亲说，我和她已经决定结婚；第二天下午她来工作的时候，我穿着摩洛哥羊皮拖鞋和真丝睡袍迎接她。今天过节——植物节——我说，脸上挂着异乎寻常的微笑，指了指康乃馨、甘菊、秋牡丹、水仙花和长着金黄穗子的麦仙翁，这些花草装点房间，为我们庆贺。她迅速扫了一眼屋里的花草、香槟以及鱼子酱吐司，哼了一声转身就逃；我一把抓住她推回房间，锁上门，钥匙揣进口袋。

我并不介意回忆这失败的第一次幽会。我费了很多时间才使她接受今天正是吉日，而她又竭力坚持衣服最终能脱到什么程度，她那尊贵如维纳斯、圣母马利亚以及我们行政区长的玉体究竟哪些部位允许被触碰，待我终于将她置于合适的姿势，却已经成了一个难尽人事的废物。我们赤身裸体躺在床上，轻柔相拥。忽然她微启红唇贴住我的嘴，第一次主动吻我。我重获精力。我急于占有她。她大叫我好恶心竟弄疼了她，并使劲扭动身体，驱逐我那沾染鲜血、猛烈抽动的玩意儿。当我握着她的手指扣住它作为临时替代时，她迅速将手抽回，骂我是不要脸的色鬼（gryaznyy razvratnik）。我不得不自己演示那不堪的行为，她看着，露出惊奇而哀伤的神色。

第二天我们进步了些，还把滋味寡淡的香槟喝完了；但我始终无法真正驯服她。记得在意大利湖畔宾馆里最美好的那些夜晚，她会突然故作正经，将一切都毁了。但另一方面，我也很高兴，因为我从来不曾龌龊或愚蠢到忽略她讨厌的假正经和难得的激情时刻之间的微妙区别，她激情洋溢的时候，会流露出孩子般专注的神情，那是庄严的愉悦，而她轻柔的呻吟恰好抵达我不应拥有的意识的边缘。

九

当夏天将尽，《挑战》的下一章即将完成，布拉戈夫医生和他的太太显然期望举行一场正式的希腊正教婚礼——仪式上点起小蜡烛，披金着纱，配有大祭司、小祭司以及双唱诗班。当我说想取消所有哑剧似的夸张仪式，而仅在巴黎、伦敦、加来或海峡群岛的市政府登记结婚，我不知道安妮特是否会震惊；但她肯定不会在乎她父母的震惊。布拉戈夫医生寄来一封措辞生硬的信要求面谈（"王子！安娜告诉我们说你更愿意——"）；我们安排了一次通话：布拉戈夫医生占用两分钟（包括不时停顿，以辨认那让药剂师绝望的字迹），他夫人占用五分钟，东拉西扯了一番之后恳求我重新考虑我的决定。我拒绝了，而又有一位中介人来怂恿我，好心的老斯捷潘诺夫一向观念开放，这次竟出人意料地从英格兰某地（博格一家现在住在那里）打电话来敦促我坚守美好的基督教传统。我转换话题，请他回巴黎后为我安排一次美好的文学晚会。

此时，欢乐之神纷纷带着礼物前来。三个意外收获同时落到我头上作为庆贺：出版商预付二百几尼买下《红礼帽》英文版权；纽约詹姆斯·洛奇公司愿意为《投影描绘器》出更漂亮的价格（当时人的美感很容易得到满足）；艾弗·布莱克同父异母的兄弟在洛杉矶准备签下我的一个短篇改编电影。我现在必须为完成《挑战》找到一个合适的环境，要比撰写该书第一部分时更舒适；另外在完成之后，或者撰写最后一章的同时，我还得校阅，不用说是大幅修改《红礼帽》英文译文，译文出自伦敦某位不知名的女士之手。（她已经提出不祥的建议："某些段落，不尽合理，表达太繁复或太隐晦，考虑到冷静的英国读者，应该将语气缓和，或者干脆删除。"我大发雷霆，加以阻止。）我还必须出差去一趟美国。

安妮特的父母一直在关注上述事态进展，出于某种古怪的心理原因，他们现在催促她尽快举行婚礼，无论是以世俗的还是异教徒（grazhdanskiy ili basurmanskiy）的形式，一刻也不要耽搁。那场三色小闹剧一结束，我和安妮特就遵循俄国传统，旅行两个月，从一家宾馆到另一家宾馆，一直到达威尼斯和拉韦纳，我在那里想起拜伦并翻译缪塞的作品。回到巴黎后，我们在迷人的格瓦拉大街（用很久以前一位安达卢西亚剧作家的名字命名）租了一套三居室公寓，步行两分钟就能到森林。我们通常在附近的小瘸鬼饭店吃中饭，那儿虽不起眼但味道很好，晚饭则回到家里的小厨房吃冻肉盘。我一直希望安妮特成为多才多艺的厨师，后来她确实大有长进，那是在生活艰辛的美国。在格瓦拉大街，她最了不起的成就莫过于煮鸡蛋：我不知道她是怎么煮的，但她的确能避免外壳的致命破裂，而当我接手时，鸡蛋却会在沸水中细胞质膨胀。

她喜欢公园里久久漫步，身边是静穆的山毛榉林和朝气蓬勃的婴儿；她喜欢出入咖啡馆、时装展示会、网球赛场，到室内赛车场看自行车比赛，特别热爱电影。我很快意识到小小的消遣会使她有心情做爱——在巴黎的最后四年，我的性欲非常强烈，丝毫不能忍受她任性的拒绝。不过，我也不赞成过量的体育活动——网球嘭嘭嘭有节奏的来来回回，或者赛车手弓起背蹬着毛茸茸的大腿。

三十年代后期巴黎涌动流亡艺术风潮，无论某些不够诚实的批评家如何论及我，我都是处于艺术顶峰，必须承认这一点，不然就是矫情和愚蠢。在公众朗读会的大厅里，在著名咖啡馆的密室里，在私人文学聚会上，我自得其乐地向那些沉静而有格调的伙伴们指出各色各样的炼狱恶鬼，流氓和恶棍，乐善好施的庸才，团体主义者，癫狂的精神导师，虔诚的鸡奸犯，可爱疯狂的女同性恋者，满头华发的老现实主义者，才华横溢、目不识丁、直觉敏锐的新批评家（亚当·阿特洛波维奇是其中令人难忘的领袖）。

我怀着一种学术的愉悦（如在探索对照阅读一般）注意到有三四个人对她热切关注，尊敬有加，他们总是一身黑衣，是俄罗斯文人们的祖师爷（我对他们无比崇敬，不仅因为他们高尚的艺术是我盛年时期的迷恋对象，更因为驱逐他们的作品代表着列宁和斯大林政权的最大败象，绝对而不朽的败象）。围住她献殷勤的也大有人在（也许潜意识里强烈希望我纡尊降贵地赞美这些肮脏者的纯洁之语），是某些年轻作家，被他们的造物主塑造成双面人：其人格中既有可卑鄙堕落或疯癫的一面，也有天赋熠熠的一面。总之，她在流亡者文学的美好世界中出现，令人捧腹地再现了《叶甫盖尼·奥涅金》第八章的情景：N公主冷冷穿过舞厅里阿谀奉承的人群。

她对巴锡列夫斯基表现出的忍耐（对他的作品一无所知，而只对他的荒唐名声略有耳闻）本来会令我不悦，要不是我突然意识到她对他的同情实则重复了我自己初识这个伪君子的友好态度。我躲在一根陶立克柱后听到他在问天真优雅的安妮特，她是否知道我为何如此憎恨高尔基（他对高尔基崇拜得五体投地）。是否因为我憎恨无产者能享有世界声誉？我是否果真读过这位伟大作家的任何作品？安妮特面露困惑，但很快稚气迷人的笑容洋溢在她脸上，她想起了《母亲》，我曾经批评过这部毫无新意的苏维埃电影，于是她答道："因为那些人脸上的泪珠太大，滚落得太慢。"

"啊哈！那能说明很多问题。"巴锡列夫斯基阴郁而心满意足地大声宣布。

一〇

一九三七年秋天，我几乎同时收到《红礼帽》（原文如此）和《投影描绘器》的译文打字稿。它们甚至比我预想的还要差劲。霍沃思小姐是英国人，曾在莫斯科度过三年愉快时光，她父亲曾是驻莫斯科大使；库利希先生是个上了年纪的纽约人，出生在俄国，信末署本。两人犯下同样的错误，在同样的词典里选择错误的义项，而且同样的鲁莽，看见眼熟的单词从不愿意费事查一查是否有意思相悖的同形异义词。他们对行文间的色调视而不见，对声音的细微差异充耳不闻。对于自然生物的区别他们很少从纲细化到科，更不会严格到属了。他们分不清"标本"和"种类"；"单足跳""高高跃起"和"跳起"在他们心中是穿着同一种单调制服的干巴巴的同义词；没有一页能够挑不出错误。尤其令我感到糟糕得不可思议的是，他们竟想当然地认为一个值得尊敬的作家会来一段这样或那样的描写，然后因为他们的无知和粗心变成白痴的哭喊和嘟哝。本·库利希和霍沃思小姐的表达习惯如此接近，不由我怀疑也许他们已经秘密联姻，而且保持联络来讨论某个棘手段落；不然的话，他们或许常常相聚在亚速尔群岛某个野草丛生的火山口，来一次词汇学的野炊。

我花了好几个月修改这些肆意之作，并将修改稿口授给安妮特。她的英语是在君士坦丁堡一个美国寄宿学校学的，她在那儿读过四年书（一九二〇年至一九二四年），即布拉戈夫一家向西流亡的第一阶段。我惊奇地发现她在完成新任务的过程中，词汇量神速扩展和提高，我给伦敦艾伦奥弗顿公司和纽约詹姆斯·洛奇公司的信措辞严厉，充满冷嘲热讽，她准确无误地打了出来，露出天真的得意之色，让我忍俊不禁。实际上，她的英语（和法语）指法要比俄语娴熟得多。当然无论何种语言，小小的失误在所难免。一天，我查看已寄出给那家耐心的艾伦公司的一叠修改稿副本时，发现她犯下一个小疏忽，仅仅是打字错误［"hero（英雄）"打成"here（这里）"，或者是"hat（帽子）"打成"that（那个）"，我都记不清了——但记得是有个"h"］，唉，却使整个句子分外平淡，但尚不至于不合理（似是而非被许多认真负责的校对员引为千古之恨）。发一份电报就可以立即消除错误，但一个劳累过度、脾气急躁的作者会觉得这种事情太烦人——于是我无端发泄起熊熊怒火。安妮特开始寻找电报纸（翻错了抽屉），头也不抬地说道：

"她对你的帮助肯定比我大，尽管我确实尽了力（strashno starayus，糟糕地尝试）。"

我们从来不提艾丽斯——这是我们婚姻法典中一项心照不宣的条件——但我马上明白安妮特所谓"她"就是指艾丽斯，而不是几周前某机构向我介绍而被我一口回绝的那个笨手笨脚的英国女孩。没来由地（仍是因为劳累过度）我顿时热泪盈眶，一时无法起身走开，竟毫无顾忌地抽泣起来，还用拳头狠狠捶打一本不知其名的厚书。她钻进我怀里，也是泪流满面，而那天晚上我们去看了一场雷内·克莱尔的新电影，之后去大天鹅绒饭店晚餐。

在修改和部分重写《红礼帽》以及处理另一件事的几个月里，我开始经历一场奇怪转变所带来的剧痛。虽然我没有身处中欧没有一早醒来发现自己变成大甲虫，比普通甲虫多出许多腿，但是我的确感到神经组织在极度痛苦地撕裂。俄国产打字机就像棺材一样上了盖。《挑战》一书的结尾部分已经交给《帕特丽雅》。我和安妮特计划春天去英国（该计划从未实现），一九三九年夏天去美国（十四年后她在此去世）。到一九三八年年中，我觉得自己可以舒舒服服地坐着享受艾伦奥弗顿和洛奇出版社在其来信中给予我的谬奖，以及可笑的评论家在各大报纸周日版上对那两部小说英文版（我是唯一作者）里某些段落风格的公然指责，他们批评说这些段落充斥着贵族化的晦涩。然而，当我尝试直接用英语创作小说，就像俄国杂技演员所说的"干活不拉网"，那就完全是另一码事了，因为现在根本没有什么俄语安全网铺设在下面，铺设在我和场内熊熊燃烧的圆环之间。

我首部英文小说的题目在受孕那一刻就出现在我脑中，远在真正出生和成长之前，我以后的英文小说（包括目前这个初稿）也都如此。我把那题目置于光亮下，分辨出半透明胶囊里的全部内容。这题目别无选择，不作改变：《见到真相》。即使预见到它最终会出现在公共图书馆目录里饱受折磨，也不能阻止我。

这想法源于那两个蠢货对我精心之作的侮辱所造成的负面影响。一位英国小说家，一位睿智而独特的艺术家刚刚去世。他的人生经历正由丹麦人哈姆莱特·戈德曼——一个不学无术、思想庸俗、心术不正的牛津大学毕业生草草拼凑，此人在这项荒诞不经的工作中为文学败笔找到了科瓦列夫斯基式的"出路"，而他本人的平庸之作恰是当之无愧的败笔。传记正由已故小说家的被激怒的哥哥负责编辑，这真是那位胆大包天的杜撰者的不幸。随着传记首章蛇似的展开第一圈盘绕（带着"手淫罪恶感"和阉割玩具士兵的暗示），这部书开始了对我来说最愉悦和神奇之处：兄弟般友好的脚注，每页六行，然后增多，然后更多，开始质问，然后反驳，然后以嘲讽清除未来传记作者胡乱窜改的逸事和粗俗不堪的造谣。随着每页下方此类脚注不断增多，散布于文本中的大量象征也不祥地剧增（无疑令友善或康复中的读者感到不安）。当传记主人公大学生活接近尾声时，批评部分已经多达页面的三分之一。编辑发出全国灾难的警告——水灾等等——随之而来的是水平面继续上升。到第二百页，脚注部分已经挤占了文本的四分之三而其类型也已改变，至少从心理上来说（我讨厌玩弄书籍的排印游戏）从八点活字变成了十点活字。在最后几章，注释不仅取代了整个文本，甚至最终都变成粗体。"在此我们见证了一个令人钦佩的现象：一部伪造的作家传记正逐渐被一位伟大人物的真实经历所取代。"另外我又增加了三页篇幅，讲述这位伟大注释者的学术生涯："如今他在俄勒冈帕拉冈大学教授现代文学，包括他弟弟的作品。"

以上描述的是一部写于大约四十五年前的小说，普通读者多半已经遗忘。我从未重读过这部小说，因为我仅仅重读了（je relis[1] perechityvayu[2]——我这是在嘲弄一位可敬的女主人！）平装本校样；而且我敢肯定，詹姆斯·洛奇公司出于某些自以为审慎的原因，仍将该书以精装本印行。但我如今回顾当时的情形，这一事件显得相当愉快，而且在我的头脑中，它已经完全和写作那篇实属无足轻重的讽刺小品时的恐惧和折磨无关了。

事实上，尽管经过一整夜的灵感、考验和胜利（看那些小丑，每个人都要看——艾丽斯、安妮特、贝尔、路易丝，还有你，你，我最后的永恒！），我那蒸馏器中的彩虹泡沫带给我些许愉悦（或许也有毒），但小说的创作几乎导致麻痹性痴呆，这种病症我自青年时就格外害怕。

我想，在竞技体育中从不曾有人同时获得草地网球和滑雪的世界冠军；然而在如草地和雪地般截然不同的两国文学中，我却是首个完成这一壮举的作家。我不知道（我对体育完全外行，认为报纸体育版几乎和烹饪版一样无聊），一天内连续在海平面高度发出三十六个爱司球，紧接着第二天在高山滑道直飞一百三十六米，这样对于身体会有多大压力。无疑非常巨大，

1　法文，我重读。
2　用拉丁字母转写的俄文，重读。

也或许难以想象。但我还是成功超越了文学变形的巨大痛苦。

我们思考是用形象而非语言；好吧；然而，当深夜我们在头脑里构思第二天的布道，回忆刚才梦里与多莉的对话，或者重新设计二十年前跟粗暴的训导长说的话，我们思考中的形象当然也是语言的——甚至会是听觉，如果我们不幸是孤独而衰老。通常我们思考不用语言，因为生活大部分是一出哑剧，但如果我们需要，我们确实会想象语言，就像我们会想象在这个世界中，甚或在一个不太真实的世界中，能够感觉到的其他东西。我脑海中的书——就在我右脸颊下（我朝右侧睡）——先以一队有头有尾的杂色行列出现，向西蜿蜒穿过一个凝神专注的城镇。你们中间的孩子以及我所有的旧时自我，都站在门槛边期待一场精彩的演出。然后我观看了整场演出，每一幕场景，每一架高空秋千。但这不是化装舞会，不是马戏表演，而是一本装订好的书，一个短篇小说，其语言陌生得如同古色雷斯语或钵罗钵语[1]，就像我在蛮荒的流放地想要阅读的那些海市蜃楼般的散文。一想到自己竟想象出足足十万字，我立刻感到一阵恶心袭来，急忙开灯呼唤隔壁卧室的安妮特给我一粒严格定量的药片。

我英语的进化过程就如同鸟类进化，经历了上下起伏。一九〇〇年（当时我一岁）到一九〇三年，我由一位可爱的伦敦保姆照看。之后先后有三位英国女教师（一九〇三年到一九

1　Pahlavi，钵罗钵斯语是中古波斯语的一种，通行于公元 3 世纪到 9 世纪。

○六年，一九○七年到一九○九年，一九○九年十一月到同年圣诞节），越过时间的肩膀我发现她们神话般地分别代表说教式散文、戏剧性诗歌和情色牧歌。我亲爱的姑婆难得地开明，但屈服于家庭压力，解雇了最后那位牧羊女切丽·尼普尔。经过一段时间的俄语和法语教育，一九一二年到一九一六年间相继有两位英国教师，而可笑的是两人竟在一九一四年春天同时教我，只为竞相向一位乡村美人邀宠，而她最初曾是我的女友。一九一○年前后，《男孩自己的杂志》[1]取代了英国童话，紧接着是家庭图书室收藏的所有陶赫尼茨版古典文学作品。少年时代，我怀着同样的惊喜同时阅读过《奥赛罗》和《奥涅金》，丘特切夫和丁尼生，勃朗宁和勃洛克。在剑桥就读的三年（一九一九年至一九二二年）以及其后直到一九三○年四月二十三日，我的家庭语言一直是英语，同时我自己的俄语作品不断增多，并很快受到家庭成员的排斥。

目前为止都还好。但这话本身就是油滑的陈词滥调；而我三十年代后期在巴黎所面临的问题恰恰就是：我能否摆脱固定程式，摒弃陈词滥调，将自我推进的光辉俄语转变成英语，绝不是身穿水手服的傻瓜在公海里使用的死气沉沉的英语，而是由我独立担当、富于崭新涟漪和变化的英语？

我敢说，我对创作所遇麻烦的描述会被普通读者忽略；但是为了我，而非为了读者，我希望毫不留情地详述一种在我

1　B.O.P., *Boy's Own Paper* 的缩写，为 1879 至 1967 年间发行的一份针对青少年男生的故事杂志。

离开欧洲前已经很糟的情形，而在横渡大西洋时我几乎因此丧命。

多年以来，俄语和英语是我头脑中两个截然分离的世界。（只是在今天两者之间才建立起某种联系："通晓俄语，"乔治·奥克伍德一九七〇年在评论拙著《阿迪斯》的一篇妙文中写道，"有助于你尽情享受作者英语小说里的许多英语文字游戏；且看这句：'冠军和黑猩猩一路从奥姆斯克来到新乔姆斯克。'[1]这样将一个真实地方和现代哲学语言学中有关虚无的领域联系起来是多么令人愉快！"）我敏锐地意识到横亘在两种语言之间的句法鸿沟。我担心（不合情理，但最终将会发生）我对俄语语法的忠诚也许会妨碍一种变节的求爱。以时态为例：英语中如同精妙严格的小步舞，俄语的现在和过去之间则有自由流动的交互作用（伊恩·布尼安在上周日《纽约时报》上风趣地比喻为"一位丰满优雅的女士在一群醉汉的喝彩声中跳蒙面舞"），两者是多么不同！英国人和美国人在可爱的技术层面运用数量庞大的普通名词指称每一件特定事物，这同样令我苦恼。盛放被切割钻石的小杯子，确切名称是什么？（我们称它"钻石夹"，蝴蝶的蛹，告诉我答案的是波士顿的一位老珠宝商，我从他那儿为第二任新娘买了一枚戒指。）难道小猪就没有一个好听的专用名词吗？（"我在逗'乳猪'，"诺特伯克教授说，他是果戈理不朽名作《外套》

1　原文为：The champ and the chimp came all the way from Omsk to Neochomsk.

的最佳译者。）我想知道处于青春期的男孩突然变声，这情况的确切名称是什么，第一次横渡大西洋时我在甲板上问坐在身边的一位和颜悦色的男低音歌唱家。（"我想，"他说道，"应该叫做'琴桥，'一座小桥，un petit pont[1]，mostik[2]……噢，你也是俄国人吗？"）

这座横跨大洋的特别之桥，在我登岸几周之后，终结于纽约一幢迷人的公寓中（房子由我一位慷慨大方的亲戚借给我和安妮特，正对中央公园后面的灿烂夕阳）。与无药可治的头痛顽疾相比，我右手前臂的神经痛是一个不祥之兆。安妮特打电话给詹姆斯·洛奇，他大发善心，却错派了一个瘦小的俄裔老医生来为我检查。这个可怜的家伙把我折腾得更是够呛，不仅坚持用我竭力逃避的恶劣俄语讨论病情，还坚持用这种俄语来翻译维也庸医及其信徒所用的那些毫不相关的各种术语（simbolizirovanie[3]，mortidnik[4]）。但我必须承认，现在回想起来，他的来访堪称极富艺术性的尾声。

---

1 2 分别为法文和用拉丁字母转写的俄文，均为"一座小桥"之意。
3 用拉丁字母转写的俄语，象征。
4 用拉丁字母转写的俄语，死亡本能。

第三部分

一

　　《阳光下的谋杀》（当我无助地躺在纽约医院里时，《投影描绘器》英译本被改了书名）和《红礼帽》都卖得不好。我那部优美奇特、雄心勃勃的《见到真相》刚令人振奋地登上西海岸某报畅销书榜榜尾，便倏忽消失了。在此情形下，我无法拒绝一九四〇年奎恩大学因我在欧洲的声誉而提供的教职。我将在那里获得永久教职，并在一九五〇年或一九五五年晋升为正教授：确切日期没能在旧日记中找到。

　　尽管我开了两门每周一次的欧洲名著讲座，周四还有乔伊斯《尤利西斯》研讨班，报酬优渥（开始每年五千美元，到五十年代为一万五千美元），又为世界上最慷慨的杂志《美人和蝴蝶》写了几篇短篇故事，稿费丰厚，但我并没有感到很舒适，之后《海滨王国》一书（一九六二年）弥补了我在俄国损失的小部分财产（一九一七年）并驱走了所有经济上的忧虑，直到烦恼之秋最终结束。我通常不保存负面批评和嫉妒辱骂的剪报；但我确实珍视下面的说法："这是史上仅知的例证：一个欧洲贫儿俨然变成他自己的美国大叔（amerikanskiy dyadyushka[1]，oncle d'Amérique[2]），"我那忠实的德米安·巴锡列夫斯基如是说；他是流亡者湿地中难得一见的大蜥蜴之一，一九三九年步我后尘来到殷勤好客、值得钦佩的美国，并以产卵之速创建了一本俄语季刊，三十五年后的今天仍在担任主编，在英雄迟暮之年。

我们最后租的那套带家具公寓位于一幢漂亮建筑（布法罗大街十号）楼上，主要是为了我的需要，因为公寓里有一间非常舒适的书房，庞大的书橱里摆满有关美国知识的书籍，包括一套二十卷本百科全书。安妮特本来看中一幢俄国乡间别墅式样的房子，管理部门也给我们看了；但她放弃了，因为我向她指出，在夏天显得凉爽奇趣的房子，在其他季节都会觉得寒冷怪异。

安妮特多愁善感影响健康，令我十分焦虑：她那优美的脖子似乎愈加细长了。略带忧郁的表情使她那张具有波提切利气质的脸庞新添了一份不讨人喜欢的美：她越来越喜欢在犹豫或沉思时紧缩脸颊，这使她颧骨下方凹陷的轮廓更加明显。我们难得做爱，而她冰冷的花瓣始终紧闭。她心不在焉的毛病越来越严重：夜间迷路的猫都知道这个忘记关厨房窗子的怪癖女神也会让冰箱门开着；浴缸常常泛滥成灾，而她却在打电话，一脸无辜地紧皱双眉（她哪里顾得上我的痛苦，顾得上我日益加重的精神疾病！），打听一楼那人偏头痛或绝经的状况；她对我暧昧不清的态度还导致她忽略了本应采取的预防措施，于是当秋天我们搬进兰利家那幢倒霉的房子之后，她告诉我说她刚刚去看过的那位医生长得极像奥克斯曼，另外她已经怀孕两个月。

1　2　分别为用拉丁字母转写的俄语和法语中的"美国大叔"。

140

一个天使正等在我局促不安的脚底下。命中注定的绝望将侵袭我那可怜的安妮特，当她不得不使出浑身解数应付美国家务事的错综复杂。住在一楼的女房东转眼之间就解决了她的难题。两个迷人的百慕大翘臀女生，穿着民族服装，法兰绒短裤和敞开的衬衫，长得一模一样，在奎恩大学学习著名的"酒店"专业，来为她做饭、收拾房间，她也顺便让她们帮我们干些家务。

"她是名副其实的天使，"安妮特用动听矫情的英语向我透露。

我认出这女人正是俄语助理教授，我曾在校内一幢砖楼里见过，她那个系特别乏味，当时他们的系主任，性格温顺、眼睛近视的老诺特伯克邀我旁听一个高级小组课（我govorim po-russki. Vy govorite? Pogovorimte togda[1]——就是这种可怕的玩意儿）。所幸我和奎恩大学的俄语语法课一概无关——不过我妻子在兰利太太的指导下帮助初学者，最终得以解闷。

妮涅利·伊利妮夏娜·兰利不只是一种意义上的难民，她刚离开自己的丈夫，那位"了不起的"兰利，他那部《美利坚马克思主义史》是整个低能一代的《圣经》（现已绝版）。我不知道他们分开的原因（做了一年美国人之后，这是那女人亲口告诉安妮特的，安妮特又用傻乎乎的吊唁口气转告我）；但我

1　俄语，说俄语。你们会说吗？那我们说说吧。

的确见到了兰利教授，并且很不喜欢他，那是在他离开此地去牛津前夜的正式宴会上。我不喜欢他是因为他竟敢质疑我教授《尤利西斯》的方法——纯粹的文本分析，没有系统讲解寓言和准希腊神话之类的废话；另一方面，他的"马克思主义"显得滑稽而十分温和（就他妻子的口味而言，也许是太温和了），如果与美国知识界普遍存在的对苏维埃俄国的盲目崇拜相比较。记得在我们英语系最著名人士为我举办的宴会上，突然鸦雀无声，大家偷偷传递狐疑的脸色，当听到我形容布尔什维克政府静如庸人，动如野兽；在国际上以贪婪和欺诈与螳螂竞争；为改变本国文学的平庸状况，先宽宥上一时代留下的天才作家，然后用他们自己的血将他们遮盖。有一位教授，一位左翼道德家和富有献身精神的壁画家（那年他正在试验汽车涂料），听后大步走出屋子。不过，第二天他就写来一封华丽堂皇的致歉信，说他不能真的对《埃斯梅拉达和她的帕兰德如斯》（一九四一年）的作者生气，尽管该书"风格混杂，具有巴罗克意象"，但仍堪称杰作，"拨动了痛切的心弦，他作为一名执着的艺术家从不曾体会到内心有如此震动"。评论我作品的人都持相同观点，一方面指责我低估了列宁的"伟大"，同时不乏赞美之词，最后就连我这个轻蔑而严肃的作者也不由不为之感动，我在巴黎时的作品从未得到过应有的肯定。甚至奎恩大学的校长——此君怯懦地同情那些鼓吹苏维埃化的时髦之士——也确实站在我一边：他来看望我们时告诉我说（妮涅利悄悄爬到我们楼梯口偷听）他非常骄傲，等等等等，而且他发现我"最近（?）一部书相当有趣"，尽管他不得不为我抓住一切机会在课堂上批评"我们伟大的盟国"感到遗憾。我哈哈大笑，回答道比起我准备在学期末做的题为"苏维埃文学中的拖拉机"的公开演讲，这种批评简直就是小孩的亲吻。他也大笑起来，又问安妮特，和一位天才生活在一起是什么感觉（她只是耸了耸优美的肩膀）。所有这些都是非常美国式的，消融了我冰冷心脏的一整个心房。

还是回头来说说善良的妮涅利吧。

她出生时（一九〇二年）的教名是诺娜，二十年后应她父亲——一个天生的劳碌命加马屁精——请求改名为妮涅利（或者妮内拉）。她把名字写成英语是 Ninella（妮内拉），但朋友都叫她妮内特或妮莉，就像我妻子的教名安娜（诺娜喜欢这样叫她）被叫做安妮特和妮蒂。

妮内拉·兰利生得结实粗壮，面色红润（两侧红晕分布不均），一头短发染成大妈般的姜黄色，棕色的眼睛比我还要疯狂，薄嘴唇，俄国式大鼻子，下巴上长着三四根毛。在年轻的读者前往莱斯博斯岛[1]之前，我想说，就我所知（我是一名无与伦比的间谍），虽然她对我妻子表现出荒唐而过分的爱意，但其中没有任何性爱成分。我当时还没有那辆白"猞狸"，安妮特没能在生前见到它，所以是妮内拉带她坐一辆破旧老爷汽车去买东西；诡计多端的房客则放着他自己的小说不用，而从

---

1 Lesbos，希腊岛屿，位于爱琴海东部，为古希腊女诗人萨福居住地，女同性恋者（lesbian）一词源于此。

阁楼上（阁楼天窗正对那条来往于购物中心的马路）兰利家的藏书中找出神秘的旧版平装书和难以卒读的小册子，亲笔签上大名送给那对美丽的双胞胎。正是妮内拉让她那个可爱的"妮蒂"拥有那么多白毛衣。正是妮内拉每天两次邀请我妻子去她家喝茶或咖啡；但这女人必定不踏进我们屋子一步，至少我们在家时如此，借口是我们房间里仍有她丈夫留下的烟臭；我回答说这是我抽的烟——于是那天晚上，安妮特就说我真不该抽那么多烟，特别是在室内；她还告诉我楼下那位抱怨说我来回走动的时间太晚太长，恰好在妮内拉头顶。对啦——还有第三个不满：我为什么不把百科全书按字母顺序放回原处，就像她谨慎的丈夫那样？因为（他说）"书放错地方就等于遗失了"——好一句警句。

　　亲爱的兰利夫人对她的工作并不特别满意。她在奎恩大学以北三十英里的地方有一幢湖滨木屋（"乡村玫瑰"），离霍尼韦尔学院不远，她在那儿教暑期班，甚至准备与他们建立更密切的关系，如果奎恩大学的"反动"气氛持续不变。事实上，她唯一怨恨的是年迈的科尔恰科夫太太，科尔恰科夫太太曾当众指责她说话带有 Sdobnyy（柔和）的苏维埃腔调，而且措辞粗俗——这些都不容否认，尽管安妮特认为我这样说完全是个冷酷无情的资产阶级。

二

在我的意识中，婴儿伊萨贝尔生命的最初四年与贝尔的少女时代截然分开，中间是七年的空白，就好像我有两个不同的孩子，一个是脸蛋红扑扑的快乐小东西，另一个则是她苍白忧郁的姐姐。

我贮藏了一大堆耳塞；事实证明全是多余的：育儿室里并没有传来哭叫声干扰我的工作——《奥尔加·雷普宁博士》，一个虚构的俄国教授在美国的故事，一九四六年（那年安妮特离开了我）由洛奇公司出版（经过一段时间恼人的连载，需要无休无止的校对），热衷押头韵的评论者称赞它是"幽默和人道的结合[1]"，他们根本没有意识到十五年后我会为他们可怕的乐趣付出什么。

我喜欢看着安妮特给我和孩子在花园里拍彩色快照。我喜欢带着着了迷的伊萨贝尔沿着奎恩瀑布河漫步，穿过落叶松和山毛榉树林，每一束光线，每一片阴影，都似乎伴有孩子愉快的赞许。我甚至同意一九四五年夏天的大部分时间在乡村玫瑰度过。就在那里，有一天，当我和兰利太太一道从最近的酒铺或报亭回来，她的话，她的语调或动作，令我蓦然战栗，恐惧地猜测，从一开始这可怜的家伙爱的就不是我妻子，而是我。

我一直以来都对安妮特怀着痛苦的温存，如今从对孩子的情感中体会到新的痛切感（诚如妮内拉用粗俗的俄语所说，我因为她"颤抖"，她认为那也许对婴儿不好，即便你"削减了过火的行为"）。那是我们婚姻中人性的一面。而性欲的一面则已彻底瓦解。

她从产房回来后很长一段时间里，我脑海中依旧出现漆黑的长廊，回荡着她痛楚的哭喊，每个转角处都有恐怖的彩窗——那是伤口的残像——纠缠着我，耗尽了我所有的精力。当我内心的一切都已痊愈，当我对她苍白的魅力重燃欲火，其深度和强度彻底终结了她勇敢但徒劳的不懈努力，她不懈努力地试图重建我们之间的某种爱情和谐而不背离清教原则。她现在竟大着胆子——可怜小女孩的胆子——坚持要我去找一位精神病医师（兰利太太的推荐），他会指导我在过度充血时"软化"思想。我回答说她的朋友是妖怪而她是笨蛋，这是我们结婚多年来吵得最凶的一次。

那对大腿柔滑的双胞胎早已和她们的自行车一起返回出生的小岛上。其貌不扬的女士来帮忙料理家务。到一九四五年底我实际上已不再踏进妻子冰冷的卧室。

一九四六年五月中旬，我前往纽约——坐了五个小时火车——和一个出版商共进午餐，他为我的短篇小说集（《逐出迈达》）开的价钱要比善良的洛奇更高。用完愉快的午餐，在这百无聊赖的天气，灰蒙蒙的阳光中，我来到公共图书馆，而

---

1 "a blend of humor and humanism"，"humor"和"humanism"押头韵。

鬼使神差般的，她正奔跳着走下那几步台阶，多莉·冯·博格，已经二十四岁了，刚巧我，肥胖的名作家，四十多岁正当年，正拾级而上与她迎面相遇。十多年前的巴黎朗诵会使我浓密的金发中生出缕缕白发，除此之外，我不相信自己竟有那么大的变化，让她开口便说几乎认不出我来了，要不是她特别喜欢《见到真相》封底那张凝神沉思的照片。我却能认出她，因为我从未忘记她的形象，并时常重新调整：记忆中最近的一次印迹是她祖母一九三九年回复我妻子的圣诞问候而从伦敦寄来的一张明信片大小的照片，照片上的她是一个学生剧中的摩登女郎，双肩裸露，手持鹅毛扇，粘着假睫毛，相当入时。我们就在台阶上站了两分钟——她双手抱着一本书紧贴胸前，我站在下面，右脚踏在她站的那级台阶上，用一只手套拍打着膝盖（众多男高音歌手唯一为人所知的姿势）——就在那两分钟里我们交流了许多基本信息。

她正在哥伦比亚大学学习戏剧史。父母和祖父母定居伦敦。我有一个孩子了，对不对？我脚上的鞋子很漂亮。学生都说我的课精彩极了。我快乐吗？

我摇摇头。我什么时候什么地方可以见到她？

她以前一直很迷恋我，噢对了，那时候我常常爱怜地把她抱在膝头开心地玩"喘气叔叔"游戏，读一行跳一行，现在那一切都又回到眼前，而她显然希望能对此做些什么。

她词汇量惊人。一句话概括她。笔杆子眼中汽车旅馆的幻境。她有车吗？

这个，真是突然（大笑起来）。也许，她可以借他那辆老轿车，不过他可能不喜欢这主意（指一指正在人行道上等她的那个其貌不扬的年轻人）。他刚买了一辆豪华悍马，好带她到处玩玩。

能否请她告诉我什么时候见面。

她读过我每一本小说，至少是每一本英文小说。她的俄语已经荒疏！

让我的小说见鬼去吧！什么时候见面？

我得让她想一想。她也许会在学期末来看我。特里·托德（此刻正瞄着数台阶，准备上来）曾是我的学生；他第一篇论文就得了 D⁻，只得离开奎恩。

我说得 D 的人我归入永恒的忘乡。她所谓"学期末"只怕是遥遥无期。我要更确切的时间。

她会通知我的。她下周给我打电话。不，她不会泄露自己的电话号码。她要我看那个小丑（他正踏上台阶）。天堂是个波斯语词汇。只有波斯人才会那样再相见。她也许到我办公室坐坐，只是叙叙旧而已。她知道我有多忙……

"噢，特里：这就是那位作家，写《翡翠和皮条客》[1]的那位。"

我已经不记得原本是来图书馆查什么书的。无论是什么都不会是那本闻所未闻的书。我上上下下漫无目的地跑了好几个

1　*Emerald and the Pander*，同 *Esmeralda and Her Parandrus*（《埃斯梅拉达和她的帕兰德如斯》）形似。

厅；难堪地上了厕所；但除非阉割自己，否则难以消除她那置身阳光下的新形象——浅色的直发，雀斑，淡淡的噘起嘴唇，莉莉丝[1]般的细长眼睛——尽管我知道她不过是通常所谓的"小流浪者"，也许，就因为她是那样的人。

我讲完春季学期最后第二讲"名著欣赏"课。我讲完最后一讲。助教为这门课的期末考试发下蓝簿子（我因为健康原因提前结束了课程），然后收回，三四个无可救药的学生仍满怀希望地在教室里各自的位子上发疯般地涂写。我主持了当年最后一场乔伊斯讨论会。小博格男爵夫人早已把"学期末"抛在脑后了。

春季学期的最后几天，一个特别愚蠢的保姆告诉我有个女孩——叫什么名字她没听清，不知是托尔伯德还是达尔伯格——打电话来说她正在去奎恩大学的路上。恰好我名著欣赏课上有个名叫莉莉·塔尔博特的学生没有来参加考试。第二天我去办公室批阅桌上那堆令人痛苦的卷子。奎恩大学正式试卷。一切学术都建立在普遍恐怖的假设上。在相连的右面和左面的答题纸上答题。先生，请问"相连"到底是什么意思？您是要我们描述故事里所有的鸟还是只描写一只鸟？三百个学生中照例有十分之一会将"Sterne"拼成"Stern"，将"Austen"拼成"Austin"。

我宽敞的书桌上（"够两个人睡"，坐在我隔壁的但丁研

1　Lilith，夜妖，犹太民间传说中的女妖，她的名字和个性源于美索不达米亚被称为精灵的妖魔。

究权威，爱说荤段子的金教授这样说），电话铃响了，那位莉莉·塔尔博特开始以一种可爱、含蓄、故作亲密的语气，口若悬河、令人难以置信地解释她为什么没来参加考试。我记不得她的脸、她的身材是怎样的，但撩拨我耳朵的声音低沉悦耳，包含着青春的魅力和愿以身相许的暗示，使我不禁嘲笑自己竟在课堂上忽略了她。当她即将言归正传之际，一阵急促、俏皮的敲门声转移了我的注意力。多莉微笑着走进来。微笑着，她抬抬下巴示意我把话筒搁好。微笑着，她撂开考卷，跳上书桌，裸露的小腿正对着我。曾以为会是最高雅的热情，在这部回忆录中竟成了最俗套的场景。我慌忙抑制住心中的渴望，十三年前当我爱抚一个截然不同的多莉时，这渴望就已在我生命的复杂隐喻中烧穿一个洞。最终的痉挛摇动台灯，走廊对面的教室里爆发出一阵掌声，金教授春季课程的最后一堂课结束了。

我回到家，看见我妻子独自坐在门廊的秋千椅上轻轻地左右晃着，在读一本布尔什维克杂志《红色玉米地》。她的文学供应商不在家，去给那些未来的误译者期末考试了。伊萨贝尔刚在外面活动过，这时候在门廊楼上她自己屋里午睡。

当百慕大娘儿们（妮内拉毫不客气地这样称呼她们）还在这里满足我卑微需求的时候，我在完事之后并没有任何负疚感，会像平时那样带着温柔的冷笑面对我的妻子；但今天这种情形却使我感觉自己的皮肉上被涂了一层尖酸的黏液。她伸出手指摁住书页，抬头瞥了我一眼："那女孩儿去你办公室了吗？"我的心跳倏地停了一拍。

我的口气就像某个小说人物在作"肯定"回答："她家里人，"我说，"写信给你说她要来纽约读书，但你根本没把那封信交给我看。Tant mieux[1]，她真够烦人的。"

安妮特似乎完全糊涂了："我是说，"她说道，"或者我想说的是，有一个叫莉莉·塔尔博特的学生一个小时前打电话来解释她为什么没有参加考试。你说的女孩儿是谁啊？"

于是我们把这两人分清。经过某种道义上的掂酌（"你知道，我们俩都欠她祖父母的情"），安妮特承认我们确实不必招待小流浪儿。她似乎记起了那封信，因为其中提到她守寡的母亲（现已搬进一座舒适的老年之家，那原本就是我在卡纳封的别墅，是我不顾律师的善意反对而改建的）。是的，是的，她把那封信错放在哪儿了——也许某一天会找到，就夹在某一本图书馆的书里，那本书从来就没有被还回那座不知何在的图书馆。一种奇怪的安抚流过我可怜的静脉。她心不在焉的故事总会令我由衷大笑。于是我由衷地大笑起来。我吻了吻她那异常柔嫩的太阳穴。

"多莉·博格现在长什么样子？"安妮特问道，"她小时候长相很普通，自以为是，很没规矩。非常讨厌，事实上。"

"她现在还是那样，"我不耐烦地喊道，就在这时我们听见小伊萨贝尔在叫："我醒了，"透过窗缝，"Ya prosnulas[2]。"春

---

1 法语，太好了。
2 用拉丁字母转写的俄语，我醒了。

天的微云飞得那么轻快！草地上的红肚皮画眉啄起虫子来那么敏捷！啊——是妮内拉，终于到家了，从车里钻出来，结实的胳臂下夹着一大捆活页册。"呵，"我突然兴奋起来，自言自语道，"老妮涅利身上到底还是有些美好温馨的地方！"而区区几个小时后地狱之灯熄灭，我在失眠的痛苦中辗转反侧，扭动四肢，试图在枕头与背、床单与肩、被单与腿之间找到相通点，来帮助我，帮助我，哦，帮助我到达雨中黎明的伊甸园。

三

我的神经越来越混乱，根本不必考虑费力去拿驾照：因此不得不仰仗多莉开着托德那辆又脏又破的轿车，寻找无一例外黑漆漆的郊外小巷，这样的小巷找起来困难，找到了失望。我们有过三次这样的幽会，在新斯威温顿附近或周边，在卡萨诺维亚一带的复杂地区，尽管我头脑糊涂但还是注意到多莉喜欢我们无耻私情中那些无休无止的闲逛、漫无目的的转悠和瓢泼大雨。"你想想，"六月的某个夜晚，在某个不知其名的地方，道路特别泥泞，她说，"如果有人把这事儿讲给你夫人听，事情就会简单得多，你想想！"

多莉意识到那种想法未免太过分，便改变策略，打电话到我办公室，异常兴奋地告诉我说：托德的表妹布里奇特·多兰，一个医学院学生，愿意将她在纽约的公寓租给我们周一和周四下午用，只要一点点酬金，那两天她都要去一家圣什么的医院做护士。我决心一试，并非出于爱情而是出于惯性；我借口要完成一项文学研究，得去纽约公共图书馆，便搭上拥挤不堪的头等列车，从一个梦魇走向另一个梦魇。

她在房子前等我，神气地大步迎上来，一挥手里的小钥匙，在蒙蒙细雨中反射出一点阳光。长途跋涉已使我疲惫不堪，竟至一时难以走下出租车，她扶着我来到大门前，一路上像个机灵小鬼似的叽叽呱呱个不停。幸好那套神秘公寓就在底楼——我承受不了电梯的封闭和震颤。一个乖戾的女门卫（令我想起几十年后在苏联西伯利亚的宾馆被那些刻耳柏洛斯[1]们拦住）硬要我在一本登记簿上写下姓名和地址（"这是规矩，"多莉嚷道，用她已经学会的当地人腔调）。我沉着地写下能想到的最含糊的地址，邓伯特·邓伯特，邓恩伯顿[2]。多莉轻轻哼唱着，不慌不忙地将我的雨衣挂在公用走廊的钩子上。如果她曾经体验过神经性谵妄的痛苦，就不会去摸索那把钥匙，当她清楚地知道这本该是私密的公寓还没有关好门。我们走进一间怪诞的、显然是超现代风格的客厅，里面摆着硬木家具和一张孤零零的白色小摇椅，上面坐的不是一个闷闷不乐的小孩儿，而是一只两条腿的绒布老鼠。门就在我周围，始终在我周围。左边那扇虚掩着，传来隔壁房间或精神病院的喧闹声。"那儿有聚会！"我告诫道，多莉敏捷轻盈地将那门合上。"他们那帮人很友好，"她说，"要是把这几个房间的每一条缝都堵上就会很热。右面第二间。我们就这儿了。"

我们就这儿了。多兰护士为了生活气氛和职业感情将卧室布置成医院风格：配有杠杆系统的雪白小床，甚至能让大彼得（《红礼帽》里的人物）阳痿；漆成白色的矮橱和亮闪闪的柜子；幽默作家钟爱的床头图表；以及钉在洗手间门上的一套规章。

---

1 Cerberus，希腊罗马神话中守卫冥府入口的有三个头的猛犬。
2 原文为 Dumbert Dumbert, Dumberton。

"快把外衣脱了，"多莉开心地叫道，"我来帮你解开这双漂亮鞋子"（敏捷地蹲下，敏捷地再次蹲下，在我不停后退的双脚前）。

我说："你发疯了，亲爱的，你以为我会考虑在这种可怕的地方做爱。"

"那你想怎么样？"她问道，怒冲冲地将一缕头发从涨得通红的脸上拨开，站直身子，"你上哪里找这样一个干净、一流、完完全全……"

谁闯进来打断了她：是一只灰脸老狼狗，嘴里横叼着一根橡皮骨头。它从阳台进来，把那根讨厌的红色玩意儿放在地毯上，站在那儿看看我，看看多莉，又看看我，昂起的狗脸上露出忧郁的期待之色。一个身穿黑衣、光着臂膀的漂亮女孩溜进来，抓住那狗，将它的玩具踢回到阳台上，开口说道："喂，多莉！你和你朋友要是回头想喝点什么，就上我们那儿去。布里奇特打电话来说她会早回家的。今天是 J. B. 生日。"

"知道了，卡门，"多莉答道，然后转过身来继续用俄语对我说，"我看你这就得喝点。噢，来吧！看在上帝的分上，把外衣和背心脱下来放这儿。你身上全是汗。"

她硬是把我拉出房间；我慢吞吞地往外走，一边嘟嘟囔囔地抱怨着；她随手拍了拍毫无折痕的小床，跟着那个雪人、那个蜡人、那个趔趄的垂死之人出来了。

参加聚会的人大多都从隔壁房间出来占领了阳台。一看见特里·托德我立刻退缩了想躲开。他举起杯子做了一个优雅的祝贺动作。那婊子到底用什么办法让那个感情受挫的纨绔子弟与她同谋，我永远不得而知；但我真不该把她写进《红礼帽》；培育怪物就得这样——将书上的小芭蕾舞女培育成怪物。还有一个人我以前也见过——在郊外某个地方他开车一次次超过我们——是个英俊的年轻演员，有很明显的爱尔兰人特征，逼我喝下一杯所谓火奴鲁鲁冷饮，但神经痛发作之初我尝不出酒味，所以只能尝出那种混合饮料里的菠萝汁。一群阿谀奉承的家伙簇拥着一个壮如公牛的老家伙，身穿短袖衬衫，上面印着姓名缩写"J. B."，他摆好姿势，一只毛茸茸的胳膊开玩笑地搂住多莉，只等他妻子按下快门。卡门把我那只黏糊糊的杯子拿走，放在她整洁的小托盘里，盘子角上还有一个药瓶和一支温度计。找不到座位，我只好倚墙而立，后脑勺碰到一幅装在塑料框里的廉价抽象画，它在我头顶上摇晃起来：托德将画稳住，他刚好侧着身挨过来，然后压低声音说："都解决了，教授，人人都会满意。我和兰利太太有联系，她和你老婆在给你写信。我认为她们已经走了，你女儿以为你上天堂了——嚯，嚯，怎么样？"

我不会打架。我仅仅是一拳打在落地灯上伤了自己的手，又在混战中丢了鞋子。特里·托德消失了——永远。一个房间里有人在打电话，另一个房间里电话铃在响。多莉，又一次因暴怒而变形——现在的形象让人再也认不出当年的小姑娘，那时当我跟她说不再利用她祖父的殷勤款待才更为明智，她便吐出一个三个字母的法语词——她几乎要把我的领带一撕两半，声嘶力竭地大吼她可以轻而易举地告我强奸并把我送进监狱，但她更愿意看到我爬回到配偶及那群保姆宠妾（她的新词汇，非常戏剧化，虽然她在尖叫）身边。

我觉得自己中了诡计，像一颗银豌豆被困在玩具迷宫的中央。一群人气势汹汹堵住我的出路，幸亏主任医师 J. B. 制止了他们；于是我撤退到布里奇特的私人"小病房"，不由松了口气，我发现那儿有一扇半开着的落地窗，先前没有注意到，透过窗子往远处看，只见一个内庭院，或者说是一个内庭院里舒适的一角，几个身披长袍的病人在草坪和花园小径上来回走着，或静静地坐在长凳上。我蹒跚着跑出去，而当穿着白袜的双脚触到冰冷的草皮，我才发现亚麻长内裤上缠住脚踝的带子早被那个流浪女松开了。不知怎么回事，不知在哪里，我的其他衣服都已经脱下不见了。我站在那儿，脑袋里充满以前从未有过的剧痛，我开始意识到庭院外正一片忙乱。在很远、很远的地方，护士多兰或是诺兰（这么远的距离，这么细微的区分已无关紧要）突然从医院大楼里出现，飞奔过来帮我。两个男人抬着担架紧随其后。一个病人帮着抬起他们掉在地上的毯子。

"你瞧，你瞧……你不应该这样，"她气喘吁吁地责怪道，"别动，他们会把你扶起来的（我已经倒在草皮上）。要是你做完手术就逃走，会死在这儿的。你看天气这么好，真是！"

就这样，我被两个身强体壮、臭烘烘的轿夫（后面那个气味稳定，前面那个随节奏飘荡）抬到了，不是布里奇特的床上，而是一间三人病房里一张真正的医院病床上，躺在两个都死于脑炎的老人中间。

四

乡村玫瑰

一九四六年四月十三日

瓦季姆，我所采取的措施无须讨论（ne podlezhit obsuzhdeniyu）。你必须接受我不辞而别这一既成事实[1]。如果我真的爱你，就不会离开你；但我从来没有真的爱过你，而或许你的胆大妄为——自从我们来到这邪恶的（zloveshchuyu）"自由"国家以来，这无疑不是你的第一次[2]——不过是给了我一个离开的借口。

结婚十二年[3]来，我们，我和你，从来就不是非常幸福。你从一开始就把我当作一只可爱本分但绝对令人失望的马戏团动物[4]，试图教它一些恶心的无耻把戏——按照一位挚友的说法（如果没有此人，我恐怕无法在可怕的"克恩"[5]幸存）那些把戏已受到我们祖国最新的科学之星的谴责。另一方面，你的生活 trenne（原文如此）[6]、生活习惯、你那些狐朋狗友[7]、那些堕落的小说，以及——为什么不承认呢？——你对苏维埃国内艺术和进步（包括修复那些古老教堂[8]）的病态仇视，所有这一切都使我痛苦而困惑，我早就要和你离婚了，要不是我生怕让我可怜的爸爸妈妈难过[9]，他们出于尊严和天真的想法，迫切希望他们的女儿被称为——被谁？上帝吗？——"殿下"（Siyatel'stvo）。

我有一个严肃的请求，一项绝对的禁令。千万不要，不要——至少在我活着的时候——我重申一遍，你千万不要试图和孩子来往。我并不了解法律程序——妮莉对此更为内行，但我知道在某些方面你还算是君子，而我要对君子说，对君子呼喊：请你，请你离远一点！万一我患上某种可怕的美国疾病，那么请记住我希望她被作为俄国基督教徒[10]抚养成人。

得知你住院了，我很遗憾。这是你第二次——我希望也是最后一次——得神经衰弱[11]，自从我们错误地离开欧洲，我们本应该静静等待苏联军队把欧洲从法西斯手中解放出来的。再见。

妮莉有几句附言，又及。

谢谢你，妮蒂。我就写几句话。很幸运，你女朋友的未婚夫和他的母亲[12]，一位具有无限同情和常识的高尚女人，向我们透露的消息并没有什么特别惊人的成分。贝雷妮丝·米迪（就是她偷走了妮蒂送给我的雕花水晶瓶）的室友早在几年前就传出一些稀奇古怪的谣言；我设法保护你可爱的妻子，不让那些闲言碎语传到她耳朵里，或者至少在那些婊子离开很久之后才以一种半开玩笑的委婉方式让她注意到那些闲言碎语。但现在让我们开诚布公吧。[13]

我可以肯定，把你的东西和她的东西分开应该是没有任何问题。她说过："就让他把他那些数不清的小说和翻烂的字典拿走吧";但必须允许她保留她的珍贵物品,比如我送给她的生日小礼物——镀银的鱼子酱碗以及六个淡绿色吹制玻璃酒杯,等等。

在这场家庭灾难中,我特别同情妮蒂,因为我自己的婚姻在很多很多方面与她的权为相似。刚结婚时前景多么美好!我,一个被战争抛弃的可怜的莫斯科小女孩[14],滞留并迷失在一块被爱沙尼亚法西斯分子突然占领的土地上,我第一次遇见兰利教授的情形非常浪漫:我为他做翻译(在苏联外语学习受到相当高的礼遇);但是当我和其他难民一起乘船来到美国,当我们再次相遇并结婚,一切都变了——白天他根本不管我,晚上我们的关系也极不融洽[15]。一个满意的结果是我获得了财产继承,也就是说,有一位律师,霍勒斯·佩珀米尔先生,已经答应为你提供咨询,帮助你解决所有财务问题。对于你来说,明智的选择是依照兰利教授的做法行事,即按月支付妻子赡养费,并在银行里存入一定数额的"保证金",以备她用于特殊情况,以及在你不幸去世之后或罹患久治不愈的顽疾期间使用。我们将不必提醒你,布拉戈夫女士应该如往常一样定期收到支票,除非另有通知。

奎恩大学的房子将很快出售——它充满了令人厌恶的回忆。所以,一旦他们让你离开——我希望此事一刻也不要耽搁(bez zamedleniya, sans tarder),就请你马上搬出那房子。[16] 虽然我和我们系里的迈尔娜·索洛维小姐——实际上,应该是索洛维耶奇科——不怎么和睦,但我知道她非常擅长搜寻出租房。

下过那场大雨之后这里的天气很不错。每年这个时候湖面特别美！我们准备重新布置这套温馨的小别墅。它只有一点缺陷（其他方面都是一笔财富！），离开文化中心或至少是离开霍尼韦尔学院稍稍远了一点。警察正时刻提防那些裸泳的，以及鬼鬼祟祟躲在暗处的家伙，等等。我们正考虑买一头阿尔萨斯大狼狗！ [17]

评注

1　原文为法文。

2　开头四五行无疑是真的，但随后的各种细节使我确信策划这整封信的不是妮蒂而是妮莉。只有苏维埃女人才会这样说美国。

3　开始打成"十四"，但被很娴熟地涂去并改正为"十二"，这在副本上清晰可见，我发现副本就钉在书房吸墨具上（为"以防万一"）。妮蒂绝对不可能打出如此干净的稿件——尤其是用她朋友的新拼字法打字机。

4　原文是俄文 durovskiy zveryok，指由俄国著名小丑杜洛夫驯养的一只小动物。熟悉这个词的，不会是我妻子，而应该是比她年长的一代人，比如她的朋友。

5　对"奎恩"的轻蔑音译。

6　显然是 train（法文，生活方式——译注）一词的误拼。安妮特法语极好。妮内特的法语（及其英语）则简直荒唐。

7　我妻子的家庭具有俄国蒙昧主义氛围，绝非种族容忍的典型；但她从来不会使用粗俗的反犹语汇，而这显然符合她朋友的性格和教养。

8 插入这种"古老教堂"是苏维埃爱国主义的陈词滥调。

9 实际上我妻子很高兴在任何场合令她的家人难过。

10 也许我已经为此做了些什么,假如能明确知道这究竟是谁的希望就好了。出于对其父母的恶意——她向来坚持这一奇怪的策略——安妮特从来不去教堂,连复活节也不去。至于兰利太太,祈祷礼仪即是格言;每当美国的朱庇特劈开乌云,这女人就要画十字。

11 确实是"神经衰弱"!

12 一个全新人物——他的母亲。神话吗? 模仿剧吗? 我请布里奇特解释;她说根本没有这样一个人(真正的托德太太去世很久了),并很不高兴地直接建议我"放弃这个话题",就好像那只是出自另一个人的梦呓。我愿意承认对于她公寓里那些场景的回忆因为我所处的状态而遭到扭曲,但那位"高尚的母亲"必然仍是个谜。

13 原文为英语。

14 这个莫斯科小孩儿当时肯定四十来岁了。

15 原文为英语。

16 租期未满之前我做梦也没想过要搬出去,租期要到一九四六年八月一日。

17 我们且不必作最后的评论。

再见了,妮蒂和妮莉。再见了,安妮特和妮内特。再见了,诺娜·安娜。

第四部分

一

　　学习驾驶"猞猁"（这是我对新买的那辆白色小轿车的昵称）的过程既滑稽又不乏戏剧性，但经历了两次事故和数次小修小补之后，我发现无论就法律而言还是最终就健康状况而言，我都能够适应前往西部的长途旅行。确实有过极度痛苦的时刻，当我回想起和艾丽斯开着那辆老伊卡罗斯去里维埃拉旅行的情景，那感觉就仿佛远处的群山暮地再也不像淡紫色的云彩。即使她偶尔允许我驾驶，那也只是出于好玩，因为她这人太喜欢闹着玩。我至今还伤心地记得那回我开车居然撞上了邮递员靠在卡纳封入口粉墙上的自行车，当自行车晃晃悠悠地倒在我们面前时，我的艾丽斯妩媚地哈哈大笑，腰都直不起来了！

　　夏天的其余时间我都在诗情画意的落基山脉各州逍遥，沉醉于山艾树[1]生长地区所透露的东部俄罗斯气息，沉醉于雪丘与兰花之间、点点天幕之下、小沼泽之侧、高山林木线之上忠实再现的北部俄罗斯的芬芳。然而——就是这些了吗？究竟是何种形式的神秘追求使我像孩子般弄湿双脚，使我气喘吁吁爬上斜坡，使我凑近脸去注视每一株蒲公英，使我为每一粒刚好掠过视野的五彩微尘惊起？梦见空手而来的感觉究竟怎样——手里本该握着什么？枪？魔杖？对此我不敢深究，生怕伤害了单薄自我下受伤的皮肤。

我逃过这个学年，提前"学术休假"，令奎恩大学的评议员们无言以对，在亚利桑那州度过冬天，着手创作《看不见的板条[2]》，该书和读者手上的这本非常相似。无疑我尚未准备充分，又或许在难以言传的情感阴影里跋涉太久；总之我在太多的意义层面上将它扼杀，就像闷热木屋里的俄国村妇，在晒完干草或被酩酊大醉的丈夫鞭打之后将自己的婴儿忘个干净。

我继续前往洛杉矶——遗憾地获悉我所依靠的那家电影公司在艾弗·布莱克去世后即将倒闭。早春时分，我在返回途中重又发现了许多童年时代的幻景，在一处处嫩绿的高海拔白杨树丛中，在针叶林覆盖的山岭上。在几乎六个月的时间里，我再一次从这家汽车旅馆游荡到那家汽车旅馆，我的车被白痴司机刮擦、撞坏了好几次，最后我用它换了一辆天蓝色轿车，贝尔后来说那颜色就跟大闪蝶的一样。

还有一件怪事：我以预言家的谨慎态度在日记里记录了所有的歇脚点、汽车旅馆（魏尔伦[3]会说是 Mes Moteaux！）、湖边风光、山谷风光、高山风光、新墨西哥州的羽蛇宫、得克萨斯州的洛丽塔小屋、孤独白杨林——如果再多种一些，它们就能遍及整条河流，以及足以使全世界的蝙蝠——和一个垂死天

1　sagebrush，一种生长于北美西部不毛之地的灌木，内华达州的州花。

2　Lath，也是 Look At The Harlequins（看那些小丑）的首字母缩写。

3　Paul Verlaine（1844—1896），法国象征主义诗人，主要作品有《感伤集》《无题浪漫曲》《智慧集》等。

才——开心的落日。LATH，LATH，看那些小丑！看那些热疹发作一般的行程表，我都好好保存着，就好像我知道那些汽车旅馆预示着我和亲爱的女儿将要踏上的旅程。

一九四七年八月下旬，我回到奎恩大学，晒得更黑，脾气也比以前更急躁。我把所有家当都从储藏室搬到了可爱能干的索洛维小姐帮我物色的新住处（拉齐戴尔路一号）。这是一幢别致的两层灰砖楼房，狭长的客厅里有一扇观景窗和一架白色大钢琴，楼上有三间一尘不染的卧室，地下室里有一个藏书室。这幢楼原本属于已故的奥尔登·兰德奥弗，本世纪上半叶最伟大的美国文学家。在喜形于色的大学评议员的帮助下——毋宁说是我趁他们兴高采烈地欢迎我回到奎恩大学之际——我决定买下这房子。我喜欢房子里洋溢的学者气息，我极其敏感的上皮层嗅觉膜难得获得这样的款待，我也喜欢它的幽静，那隐藏在栽满落叶松和秋麒麟草的斜坡之上的蓬乱花园。

为了让奎恩大学心怀感激，我还决定彻底调整我对其声誉的贡献。我取消了乔伊斯研讨班，这个班一九四五年只吸引到（假如可以用这个词的话）六名学生——五名不苟言笑的研究生和一名不十分正常的二年级本科生。作为补偿，我在每周工作量里增加了第三场名作欣赏讲座（这回包括了《尤利西斯》）。不过，主要创新处在于我大胆展示了自己的知识。在奎恩大学的最初几年，我已积累了两千多页的文学评论文章，均由我的助手完成打字（我发现我还没有介绍他：沃尔德马·埃克斯库尔，一位才华横溢的波罗的海年轻人，绝对比我有学问；行啊，埃克斯！）。这些文章我都请人影印，至少可供三百名学生使用。每个周末学生都会收到一叠四十页的稿子，那都是我在报告厅里背诵给他们听过的材料，背诵时的内容还会有所增加。"有所增加"是对大学评议员的一种让步，他们振振有词地认为要不是这一招就根本没必要去听我上课。这三百份两千页的讲义必须由阅读者签名，并在期末考试前还给我。起初这制度出现过一些漏洞（比如说，一九四八年还到我手里的只有一百五十三份不完整的讲义，而且很多没有签名），但总的说来还是可行的，或者说本该是可行的。

我的另一项决定是让自己与同事保持较以往更多的联系。当我一丝不挂地站在决定命运的台秤上，双臂悬垂仿佛史前穴居人，只见刻度表上的红色指针颤颤悠悠指在一个非常保守的数字上；新来的女仆——一个漂亮的黑人姑娘，很像是埃及人——帮助我弄清了老花镜和近视镜之间的那片混沌究竟是什么：一个了不起的胜利，为此我买了几件新"服装"，正如我笔下的奥尔加·雷普宁博士在同名小说中所说——"我不知道你丈夫为什么总爱穿那些一点也不现代的服装"。我常去酒吧，大学里的小酒吧，试图结识一些杰出的年轻男士，但不知怎么最后总是和那些职业酒吧女混到一起。我在随身日记里记下了二十来位教授的地址。

新朋友中最值得珍视的是天赋非凡的诗人奥迪斯，五十五岁，外表虚弱，神情悲哀，有些尖嘴猴腮，黑发中夹着几缕白发，他父亲的祖上是一位能言善辩、命运多舛的吉伦特派成员，与他同名（"Bourreau, fais ton devoir envers la Liberté![1]"），但他自己却一个法语词也不识，说一口美式英语，带着单调的中西部口音。另一位我愿意屈尊一顾的有趣人物是路易丝·亚当森，我们英语系主任的年轻妻子：她的祖母西比尔·拉尼尔，一八九六年在费城获得过全美女子高尔夫球冠军！

杰勒德·亚当森在文学界的声望远远高过更显要、更痛苦、更谦虚的奥迪斯。杰里是个松垮垮的大块头，当他年届六旬，过了一辈子唯美的禁欲主义生活之后，娶了那个美若白瓷、反应敏捷的姑娘，这让他那个特殊小团体颇为惊讶。他那些关于约翰·多恩、维庸、艾略特的著名论文，他的哲理诗，以及最近撰写的《俗人连祷文》等等对我而言都毫无意义，但他是个风趣的老酒鬼，幽默而博学，能让最不善交际的局外人也心无挂碍。我经常参加聚会，发现自己乐此不疲，善良的老诺特伯克及其妹妹福尼姆、快乐的金教授一家、亚当森夫妇、我最喜欢的诗人，还有其他十来个人，都竭尽所能地款待我安慰我。

路易丝有一个爱打听事的姑妈住在霍尼韦尔，所以每隔一段适当的时间我就能从路易丝那儿得知贝尔的健康状况。一九四九年或一九五〇年春天的某一天，我跟霍勒斯·佩珀米尔谈完业务后碰巧在罗斯代尔的广场酒品商店逗留，正当我走出停车场时，突然看见安妮特就在商业区另一头的一家杂货

1　法语，卑鄙小人，你得向自由致敬！

店前俯身照看婴儿车。看到她低垂的脖子、忧郁的表情、朝婴儿车里的孩子幽怨的一笑，一股强烈的怜悯传遍了我的神经系统，我忍不住向她打了声招呼。她转过脸来看着我，甚至没等我说出任何话——遗憾的话、绝望的话、温柔的话——她就摇摇头，不许我走近。"Nikogda[1]，"她喃喃说道，"不要，"我不忍心去猜测她那苍白疲倦的脸庞所浮现的表情。一个女人从商店里出来，感谢她照看那个陌生孩子——一个苍白瘦弱的婴儿，几乎和安妮特一样满脸病容。我急忙转身返回停车场，责备自己居然没有马上意识到贝尔现在肯定已经七八岁了。她母亲湿润明亮的眼睛一连几个晚上都在注视着我；我甚至没有力气去参加某位奎恩友人举行的复活节晚会了。

就在这段意志消沉的时期，有一天，我听到大厅外门铃响，黑人女仆——我戏称她为小奈费尔提蒂[2]——匆匆跑去打开前门。我跳下床，将裸露的身体紧贴住冰凉的窗台，但还是没法看清来客是谁，虽然我尽量往前，甚至探进了春天的暴雨中。鲜花的清新芳香，团团簇簇的鲜花，使我想起另一个时间、另一扇窗。我辨认出花园门外停着的正是亚当森家那辆黑色轿车。两个人？还是她一个人？是两个人，唉——说话声穿过走廊穿过我通透的房子传进耳朵。老杰里懒得多爬楼梯，又莫名其妙地担心传染，就待在客厅里。而他妻子的脚步声和说

1　用拉丁字母转写的俄语，不要。

2　Nefertitty，又拼 Nefertiti，公元前 14 世纪时的埃及王后，支持其夫阿肯那顿国王进行宗教改革，以其半身彩色石灰石雕像而闻名。

话声越来越近。几天前我们第一次接吻，在诺特伯克家的厨房里——搜寻冰块却发现了火。我有充分的理由希望，规定场景前将有短暂的幕间休息。

她走进卧室，放下两瓶为身体虚弱者准备的波尔图红酒，将湿漉漉的毛衣从披散的栗褐色、紫褐色的鬈发和裸露的锁骨上脱下来。以艺术眼光看，以挑剔的艺术眼光看，我认为我的三个主要情人中属她最美。一对高挑起的细眉，蔚蓝色的眼睛总是显现出（这个词很确切）对人间天堂（恐怕这是她唯一知道的天堂）的惊叹，粉红的双颊，玫瑰花蕾般的嘴唇，可爱而平坦的腹部。当她那位一目十行的丈夫还没有翻完报纸的两个版面，我们已经给他"戴上绿帽子"了。我穿上蓝色便裤和粉红色衬衫，跟随她下了楼。

她丈夫陷在扶手椅里，正在看一份刚从购物中心买来的伦敦周报。他连身上那件丑陋的黑雨衣都懒得脱下来，肥大的防雨布长袍让人想起暴风雨中的驿马车夫。不过现在他摘下了那副令人望而生畏的眼镜，清清嗓子，喉咙里发出独特的咕噜声。紫色的下巴微微颤动，他终于开始讲话了：

杰　里　你读过这份报纸吗，瓦季姆（重音错误地落在第一个音节上）？某某先生（一位特别活跃的批评家）把你的《奥尔加》（我这部小说以奥尔加教授为主人公；直到现在才出英文版）打垮了。

瓦季姆　我给你倒杯酒好吗？我们祝贺他并痛骂他。

杰　里　但是你看，他是对的。这是你写得最糟糕的一部小说。就像那人说的，Chute complète[1]。他也会法语。

路易丝　不喝了。我们得马上回家。快从椅子里起来。再试一次。拿上你的眼镜和报纸。就在那儿。再见，瓦季姆。明天早上我开车送他去学校后就给你带药来。

　　我默默地想，这一切和我年轻时在城堡里的优雅通奸是多么不同！当着一个郁郁不乐的大人物——吃醋的丈夫——的面，和新结交的情妇眉来眼去，那份浪漫的激动如今何在？为什么对上一次拥抱的回味再也不会像以往那样混合着对下一次拥抱的期待，如同水晶长笛里突然绽放的玫瑰，白色墙纸上突然出现的彩虹？爱玛看见一个时髦女郎往那男人的丝礼帽里扔下什么东西？写清楚些。

1　法语，彻底的失败。

二

　　《埃斯梅拉达和她的帕兰德如斯》一书里那个疯狂的学者告别春天，将波提切利和莎士比亚编成花环，就像奥菲利亚[1]编织鲜花那样。《奥尔加·雷普宁博士》里那个喋喋不休的太太说龙卷风和洪水只有在北美才真的骇人听闻。一九五三年五月十七日，有几家报纸刊登了一张照片，一家人待在罗斯代尔湖心的小木屋顶上，鸟笼、留声机以及其他珍贵的收藏无不齐全。还有的报纸刊登了另一张照片，一辆小型福特车悬挂在一棵无所畏惧的大树树枝上，驾驶座里还坐着一个人，姓伯德，霍勒斯·佩珀米尔说他认识此人，惊恐万状，鼻青脸肿，但还活着。大家指责气象局某位要员没有及时发布预报，罪不当赦。十五名小学生正在罗斯代尔博物馆参观由慈善家遗孀罗森塔尔夫人捐赠的动物标本，突然龙卷风袭来，室内顿时漆黑一团，但建筑物非常坚固，学生们幸免于难。但湖边最精致的一座木屋却被卷走，屋内两人的遗体再也没有能找到。

　　佩珀米尔先生——他的自然官能和他对于法律的精明极不相配——警告我说如果我想把孩子让给她在法国的外婆，就必须遵从某些规定。我注意到布拉戈夫太太是一个鲁钝的瘸子，而我女儿此时被寄放在她老师家，应该立刻让老师把她送到我这儿来。他说他下周初亲自去接她过来。

在反复掂量了房子的每个章节、家具的每句插入语之后，我决定把她安顿在已故兰德奥弗的伴侣住过的卧室，兰德奥弗时而称她为保姆，时而称她为未婚妻，全凭他当时的心情。这间温馨的屋子就在我卧室的东面，淡紫色的蝴蝶花纹点缀着室内墙纸和一张镶着荷叶边的大床。我在屋里的白色书架上摆上济慈、叶芝、柯尔律治、布莱克和四位俄国诗人（按照新的拼字法）的作品。尽管我暗自叹息，她无疑会更喜欢"漫画书"，而不是我那些璀璨可爱的哑剧演员和他们手中鲜艳的板条魔杖，但我还是受到鸟类学家所说的"装饰本能"的驱使。而且，我很清楚雪亮的灯光对于床头阅读是必不可少，就请奥利里太太——新来的女佣兼厨师（向路易丝·亚当森借的，她随丈夫去英国旅居一段时间）给床头落地灯换上一百瓦的灯泡。在宽敞、牢固的床前书桌上很神气地摆开两部词典、一本拍纸簿、一个小闹钟以及一套少女专用指甲钳（诺特伯克太太的建议，她有一个十二岁的女儿）。实际上，这些都不过是草稿而已。清样将在适当的时候出现。

　　一旦兰德奥弗需要帮助，他的保姆或未婚妻就会立即跑去，或是沿一条短通道或是穿过两个卧室之间的浴室：兰德奥弗身材魁梧，他那个又长又深的浴缸泡起来实在舒服不过。还有一个稍小些的浴室就在贝尔卧室的东面——写到这里我不禁想念我那娇美的路易丝，因为我绞尽脑汁斟酌的确切的措辞，是

1　Ophelia，莎士比亚《哈姆雷特》一剧中女主角，哈姆雷特的女友。

"擦洗干净"还是"芳香扑鼻"？诺特伯克太太帮不上忙：她女儿就用父母乱七八糟的洗澡设备，没时间考虑愚蠢的除臭剂和讨厌的"泡泡"。而年长精明的奥利里太太则回想起亚当森夫人的乳霜和具有佛兰芒艺术细节的水晶用品，使我的脑海里浮现出一幅画面，不由得盼望她的主人早日归来。她继续描述着那幅画面，简单扼要但毫不粗俗，每一件物品都历历在目，大块海绵、大薰衣草香皂以及芬芳的牙膏。

朝着日出方向再往前走，我们来到位于房子一角的客房（楼下正是东端的圆形餐厅）；杂活工——奥利里太太的侄子帮我将它改造成一间设施齐备的工作室。布置停当之后，这屋里有：一张带箱形枕头的睡椅、一张橡木书桌配一把转椅、一个不锈钢橱柜、一个书橱、一套二十卷《克林索尔插图版百科全书》、彩色铅笔、写字板、州地图以及（引用一九五二年至一九五三年度《学校购物指南》的说法）"一个从摇篮里升起的地球仪，让每个孩子都能把世界抱在自己的膝头"。

就这些了吗？才不是。我还在卧室里挂上她母亲一九三四年摄于巴黎的一张照片，在工作室里挂上列维坦[1]创作于一八九〇年前后的《蓝色河流上空的白云》（这条河就是伏尔加河，离我的家乡马列沃不远）的复制品。

佩珀米尔将于五月二十一日下午四点钟左右带她过来。我不得不设法填满那个空洞的下午。天使般的埃克斯已经批阅了

1　Isaak Levitan（1860—1900），俄罗斯画家，代表作有伏尔加河组画。

全部考卷，但他认为我也许想检查一下那几份他不得已判为不及格的卷子。他已在前一天来过，将那些卷子放在房子西端走廊外圆形餐厅的圆桌上。我可怜的双手隐隐作痛，不停地颤抖，几乎令我无法翻看那些可怜的答题册。圆形窗外面就是车道。天色阴沉但很暖和。先生！我急需一个合格分。《尤利西斯》是在苏黎世和希腊创作完成的，所以书中包含大量外语词句。托尔斯泰《伊凡·伊里奇之死》中的一个人物就是臭名昭著的女演员萨拉·贝娜。斯特恩的风格非常伤感而且不合规范。突然砰的一声车门关上。佩珀米尔先生提着行李袋出现了，紧随其后的高个子金发女孩，身穿蓝色牛仔裤，笨重的旅行手提包从一只手换到另一只手，她放慢了脚步。

酷似安妮特的忧郁嘴唇和眼睛。优雅但普通。

镇定药使我有了底气，能够以不卑不亢的态度迎接我女儿和律师的到来，这种态度当年在巴黎时曾使那些情感外露的俄国人非常憎恨我。佩珀米尔喝了一口白兰地。贝尔喝了杯桃汁，吃了点黑饼干。贝尔摊开双手，那是俄罗斯式的礼貌暗示，我指了指餐厅卫生间——建筑师眼里是过时的多此一举。霍勒斯·佩珀米尔递给我一封信，是贝尔的老师埃米莉·沃德写的。智商一百八十，了不起。月经已来潮。奇异、非凡的孩子。真不知道究竟该遏制还是鼓励这种早慧。霍勒斯走回车前，我送走了他几步，竭力忍住有失体面的冲动，没有告诉他收到他事务所最近的账单，我是多么震惊。

"现在让我带你看看你的房间。你一定会说俄语吧？"

"当然会，但我不会写。我还会一点法语。"

她和她母亲（她提到安妮特时的口气那么随意，就好像她正在隔壁房间悄无声息地替我打字）去年夏天基本上是和babushka[1]一起住在卡纳封。我很想知道贝尔在那幢别墅里睡哪个房间，但一种看似无关的记忆却不知怎么突然冒出来，使我没有问出口：艾丽斯在去世前不久的一天夜里梦见自己生了个胖小子，暗红色的双颊，杏眼，羊排似的蓝色阴影："一个恐怖的奥马罗斯·K。"

噢，是的，贝尔说道，她很喜欢那幢别墅。尤其是那条小路，可以一直通往大海，还有迷迭香的芬芳（chudnyy zapakh rozmarina）。她那口"无影的"流亡者俄语深深折磨并吸引着我，上帝保佑安妮特，女儿的俄语并未受到兰利家那个女人圆润的苏维埃口音的影响。

贝尔还能认得我吗？她的灰眼睛严肃地打量了我一番。

"我认得你的手和头发。"

"以后用俄语说'你'。好吧。我们上楼去。"

她接受了工作室："就像图画书里的教室。"她打开浴室里的药品抽屉。"空的——不过我知道放什么。"卧室把她"迷住了"。Ocharovatel'ro[2]！（安妮特最爱说的赞美语。）不过，她对床旁的书架不满："什么？居然没有拜伦？没有勃朗宁？啊，柯尔律治！小小的金色海蛇。俄罗斯复活节的时候，沃德小姐

1　用拉丁字母转写的俄语，外婆。
2　用拉丁字母转写的俄语，太迷人了。

送给我一本诗集：我能背诵你最后的公爵夫人——我是说'我最后的公爵夫人'[1]。"

我叹息地深吸一口气。我吻了吻她。我哭了。我颤抖着坐下来，摇摇晃晃的椅子随着我激动的抽泣而吱嘎作响。贝尔站在那儿，眼睛转到别处，抬头看看天花板上的玻璃反光，又低头看看行李，矮胖结实的奥利里太太早已将它们送上楼了。

我为自己的失态而道歉。贝尔很老道地转换话题，问我家里有没有电视机。我说明天就去买一个。现在我该让她收拾一下自己的东西。半小时后吃晚饭。她说，她看到城里正在放映一部她想看的电影。晚饭后我们开车去了斯特兰德剧院。

我在日记里草草写道：不怎么爱吃炖鸡。《黑寡妇》。和吉恩、金杰、乔治一道。已经超越"不合规范的"感伤主义者及其他所有作家。

---

1 "My Last Duchess"，英国诗人罗伯特·勃朗宁的诗。

三

如果今天贝尔还健在，她该有三十二岁了——恰好是我写这段文字时（一九七四年二月十五日）你的年龄。我最后一次见到她是一九五九年，她还不满十七岁；记忆中，她在十一岁半到十七岁半之间的变化非常细微，而血液在记忆中流过静止时间的速度并不像流过永恒的当下时那样快。尤其是一九五三年到一九五五年，她在我眼里的形象完全不受她成长的影响，这三年里她完全只属于我。在我眼里这种看法是一幅欢天喜地的合成画面，其中有科罗拉多的一座高山，我的《塔玛拉》英译，贝尔的中学成绩，以及俄勒冈的一片森林，这一切都以变换的时间和扭曲的空间融合在一起，违背了通常的计时和定位法则。

然而，我必须注意到有一种变化，一种渐变的趋势。那就是我逐渐意识到她的美。她来了不到一个月我便茫然不解当时怎么会以为她长相"普通"。又一个月过去了，她的侧面，那精灵般的鼻梁和上唇线条显示出"意料中的意外"——我曾用这句话来评价布莱克和勃洛克的诗作奇迹。浅灰色的虹膜和漆黑的睫毛形成强烈的反差，使她的眼睛看上去像是上了一圈黑色眼影。凹陷的脸颊和颀长的脖子酷似安妮特，但她那头金色短发却更具光泽，仿佛浓密的直发间流动着黄褐与金绿交替融合的光影。这一切都容易描写，而且也适用于前臂和双腿两侧的明媚娇嫩的纹理，事实上，这些话有点自我抄袭的味道，因为我已经用来描写塔玛拉和埃斯梅拉达，以及短篇小说里的几位配角少女（参看我的短篇小说集《逐出迈达》，第五百三十七页，纽约古德明顿出版社，一九四七年）。不过，她那散发着青春光辉的形象和骨架，尚不能视为充满活力和热情。我被迫——多么悲哀的坦白！——使用以前用过，甚至在这本书里就用过的那种众所周知的方法——赞美一种艺术来贬低另一种艺术。我此刻想起谢罗夫的油画《五瓣的紫丁香花》，画的是一个十二岁左右、黄褐色头发的女孩坐在阳光斑驳的桌子前，摆弄着一串丁香花寻找幸运的象征。这个女孩就是我的表妹埃达·布雷多，在那个夏天，阳光照耀着花园小桌和她裸露的双臂，我无耻地调戏了她。当我的读者，一位温文尔雅的旅行者参观列宁格勒的爱尔米塔什博物馆[1]时，他将被那些受雇写小说评论的文人所谓的"人情味"深深打动，几年前我访问苏联时曾亲眼见过那幅画，用我那双黏糊糊的眼睛。这幅画原本属于埃达的祖母，后来被一个兢兢业业的小偷转交给苏维埃人民。我相信这个迷人的小女孩就是我梦中伴侣的原型，那个反复再现的梦境发生在一间恐怖的临时客房，两张床之间铺着拼花地板。贝尔长得很像她——相同的颧骨、相同的下巴、相同的纤瘦手腕、相同的娇嫩花朵——只能影射，不能明确列

1　Hermitage Museum，1764 年由俄国女皇叶卡捷琳娜二世创立，为宫廷艺术博物馆，1852 年对公众开放。

举。但这就够了。我试图做的事情非常艰难，而如果你说我已经过于成功，我会将它撕个粉碎，因为我没想过，从来就没想过，在伊萨贝尔·李的这一悲惨事情上获得成功——尽管与此同时我无比快乐。

当我问她——终于！——是否爱她母亲时（因为我无法接受贝尔竟对安妮特的惨死如此明显的冷漠），她考虑了许久，我几乎认为她已经忘记我问了什么，但最终（像一名棋手经过无尽的沉思之后认输一样），她摇了摇头。那么是否爱妮莉·兰利？这回她答得很干脆：兰利卑鄙残忍，而且恨她，就在去年甚至还鞭打过她；她全身都是鞭痕（露出右腿让我看，但至少现在已是白皙无瑕了）。

她的教育是在奎恩最好的女子私立学校完成的（你和她同龄，和她同班学习过几个星期，但你和她不知怎么没能成为好友），此外，我们在两个暑假里一起游遍了美国西部各州。多少美好的记忆，多少美妙的芬芳，多少海市蜃楼、近乎海市蜃楼、被证实的海市蜃楼，聚集在一三八号公路沿途——斯特林、摩根堡（海拔四千三百二十五英尺）、格里利、名字动听的"爱之乡"——这里我们到达了科罗拉多州的天堂！

我们在埃斯特斯公园的卢帕纳旅馆盘桓了整整一个月，沿着一条两侧栽满蓝色鲜花的小径，穿过白杨树林，就能到达一个被贝尔戏称为"脸上脚丫"的地方。再往南，还有一个"脸上拇指"。我有一张威廉·加雷尔拍摄的巨幅光面照片，我认为他是第一个登上"拇指"的人，那是在一九四〇年前后，照片上的朗斯峰"东侧脸"被古怪地叠印了一道道方格上坡线。在这张照片的背面——和照片主题一样不朽——是贝尔的一首诗，端端正正地用蓝紫色墨水写成，献给埃迪·亚历山大，"八十年前第一个登上高峰的女子"，也作为我们徒步旅行的纪念：

朗斯峰上的孔雀湖：

小木屋和年迈的土拨鼠；

博尔德原野和黑色的蝴蝶；

还有睿智的小路。

我们在巨岩和缆车起点之间的某个地方野炊的时候，她写了这首诗。她默默地紧皱双眉，几经斟酌，最后将它写在一张纸巾上，连同我的铅笔一起递给我。

我告诉她这首诗很精彩很有艺术性——特别是最后一行。她问道：什么东西有"艺术性"？我答道："你的诗，你，你处理文字的方法。"

就在那天漫步的时候，也或许是后来，但肯定就在那一带，一场突如其来的暴风雨横扫了明丽的七月天。我们的衬衫、短裤和平底鞋都在冰冷的雾霭中似乎化为乌有。第一颗冰雹击中了一个锡罐，第二颗击中了我的秃顶。我们藏身在一块突出的岩石下的洞穴里。雷雨让我极度痛苦。它们的邪恶压力会将我摧毁；闪电会穿透我的大脑和胸膛。贝尔知道这一点；

她紧紧挨着我（为了让我放松而不是为了她自己！），每当雷声轰然响起，她就在我的太阳穴上轻吻一下，仿佛是说：这一声过去了，你没事。我发现自己希望闪电永远不要停止；但很快隆隆声变得心不在焉，阳光照得湿漉漉的草地金光闪闪。但她仍禁不住颤抖，我不得不把手伸到她裙子底下，摩擦她瘦弱的身体直到发热，以避免"肺炎"。她一边咯咯大笑，一边说"肺炎（pneumonia）"就是"新（new）"，"月亮（moon）"，"新月亮（new moon）"，是"呻吟（moan）"，"新呻吟（new moan）"，谢谢你。

接着又是一个昏暗的时间空洞，但肯定是在那之后不久，就在那家汽车旅馆，或是下一家汽车旅馆，在返家途中，她趁着黎明溜进我的房间，坐在我床上——动一动你的腿——穿着睡衣为我朗读另一首诗：

在漆黑的地下室，我抚摸
一匹狼缎子般的头颅。
当灯光再次亮起
所有人都叫道："啊！"
原来它只是
梅多尔，一条死狗。

我再次夸赞了她的才华，热烈地吻了吻她，也许诗本身并不值得我这样夸赞；因为其实我觉得这首诗过于晦涩，但我没有说，很快她哈欠连连，倒在我床上睡着了，这种行为我平时绝不会容忍。然而，今天，当我重读这些奇异的诗句，透过闪亮清澈的诗句我看见自己能够为它们写出鸿篇大论，无数参照符号和脚注，仿佛漆黑水域上灯火通明的桥梁所投下的倒影。但是我女儿的灵魂只属于她，而我的灵魂只属于我，愿哈姆莱特·戈德曼安息。

四

直到一九五四年至一九五五学年之初，贝尔快十三岁的时候，我仍然快乐无比，丝毫没有察觉在我和女儿的关系上存在任何差错或危险、荒唐或愚昧。除了一些微不足道的疏忽——饱含柔情的几滴热泪，咳嗽所掩藏的一声喘息，诸如此类——我和她之间的关系再清白不过。然而，无论我作为文学教授具有怎样的素质，今天回视那段甜蜜恣意的往昔时光，却只看到自己的无能、鲁莽和纵容。

其他人都要比我敏锐。第一个批评我的人恰恰是诺特伯克夫人，一个又黑又壮的女人，老是穿一身女权味十足的斜纹呢，她非但没有阻止自己的女儿玛里昂——一个堕落粗野的性感女孩——去窥探某个校友的家庭生活，反而煞有介事地教训我该怎样培养贝尔，还竭力建议我雇一位经验丰富的女教师（最好是德国人）来全天候地照管她。第二个批评我的人——比诺特伯克夫人更圆滑也更通情达理——是我的秘书迈尔娜·索洛维，她抱怨说总是收不到我邮箱里的文学杂志和剪报——因为它们被一位如饥似渴而毫不讲理的小读者拦截了——然后她又温和地补充说，奎恩中学——在我的窘境中，它是常识的最后避难所——既为贝尔的才智及其对"普鲁斯特和普雷沃[1]"的熟悉程度而震惊，也为她的缺乏教养而震惊。身材娇小的校长洛小姐找我谈话，她提到"寄宿设施"，听上去就像是木笼监狱，还有更为悲惨的"暑期培训"（"树林里的小鸟啁啾和柳枝颤动，洛小姐——是树林"！）以取代"艺术家（'一位伟大的艺术家，教授'）家庭的古怪行为"。她对这位焦虑并吃吃傻笑的艺术家指出，应将小女孩看作我们社会的潜在成员而不是精致的宠物。在整个谈话过程中，我始终难以摆脱一种感觉：这一切都是一场噩梦，我在另一个存在中曾经做过或即将做到，连同其他一连串的梦境。

沮丧气氛正隐隐围绕（用老套的措辞来说这种老套的局面）着我这爱隐喻的脑袋，这时我突然想到一个简单聪明的办法来解决所有问题和困境。

那面全身镜，曾见过兰德奥弗的神女们在短暂的褐色辉煌中搔首弄姿，现在则为我照出自己的形象，一个五十五岁、健壮的未来运动员正在操练瘦腰扩胸的"奇技"（"将西方机械技术和密特拉神魔力融为一体"）。一个美好的形象。有一封旧电报（夹在一本《手工匠》里，这本文学评论杂志是贝尔从走廊桌子上偷来的），是伦敦一家周日版报纸发给我的，询问我对一些谣言——我已略有耳闻——的看法，那谣言大概是说在我们美国小兄弟所谓"全球最有声望奖"的角逐中我跻身主要候选人。这或许也会引起我眼中那些热衷成名的人的注意。最后我得知，就在一九五五年假期中可怜的老杰里·亚当森在伦敦

1　Antoine François Prévost d'Exiles（1697—1763），法国小说家，一生著述超过百种，但只有小说《曼侬·莱斯科》传世。

连遭数次中风，这位伟大人物一命呜呼，而路易丝自由了。实际上是太自由了。我现在给她写了一封加急信，要她立即返回奎恩，认真商量一件关涉我们两人的要紧事。这封信在欧洲大陆可笑地周游了四个时尚之地之后才到达她的手中。她说十月一日就在纽约发给我一封电报，可我压根儿就没有收到过。

十月二日，天气热得异常，之后整整一周都是如此。那天下午金太太打来电话，一边说一边神秘地轻笑，邀请我参加一个"即兴晚会，就在几个小时之后，大约晚上九点，等你安顿好你可爱的女儿"。我答应去，因为金太太特别友好，是这个校园里最善良的人。

我那头痛得厉害，心想夜里空气凉爽，步行两英里对我有好处。空间和空间转换对我来说复杂透顶，我根本记不得究竟是步行还是开车，或者只是一个人在我们家二楼的露天走廊里走来走去，还是其他什么。

女主人介绍我——伴着喜悦而有节制的迎宾号角——认识的第一位人物是路易丝在德文郡时同住的"英国"表姐摩尔根女士，"我们前任大使的千金，牛津大学中古史专家的遗孀"——稍纵即逝的屏幕上模糊的身影。她是一个五十五六岁的丑婆子，耳朵相当背，绝对的疯疯癫癫，发型滑稽，穿着邋遢，她和她的肚子兴致勃勃地向我靠近，使我几乎没时间避开这善意的攻击，挤进"书籍和酒瓶之间"——可怜的杰里曾如此形容学术酒会。然后我进入一个截然不同的优雅世界，俯身亲吻路易丝娴熟伸出的冰凉小手。我亲爱的老奥迪斯以一种古罗马式的赞誉迎接我，他以这种方式表达至高无上的精神契合和彼此尊重。约翰·金，前一天晚上我还在学校走廊上见过他，此时高举双臂欢迎我，仿佛我们上次闲谈过后的五十个小时已被神奇地扩展成半个世纪。宽敞的客厅里只有我们六个人，如果不算那两个身穿蒂罗尔人服装的女孩彩塑，她们为何在场，是何种身份，甚至她们的存在本身直到今天仍是一个熟悉的谜——熟悉，因为石膏上曲曲折折的裂缝正是监狱或宫殿的典型特征，而我经常被一再发作的精神错乱乐滋滋地带进这种监狱或宫殿，每当我不得不精神集中、头脑清晰地发表一段艰难而至关重要的宣言——正如我现在所要做的。我刚才说过，那个房间里只有我们六个活生生的人（以及两个小幽灵），但是透过半透明的墙壁我不安地辨认出——不用看！——一排排一列列朦朦胧胧的观众，脑海中浮现出一块标志牌，上面用疯子的语言写着"仅有站位"。

现在我们坐在一张钟面圆桌边（实际上和我家里蛋白石房间里大钢琴西面的那张圆桌没有什么区别），路易丝坐在十二点钟的位置，金教授坐在两点钟那儿，摩尔根太太坐在四点钟那儿，身穿绿绸衣服的金太太坐在八点钟那儿，奥迪斯坐在十点钟，我大概坐在六点钟，或是六点过一分，因为并没有正对着路易丝，或许是她把椅子往奥迪斯那儿挪了六十秒，尽管她曾经按着《社交纪录》以及《名人录》向我发誓说他从来没有向她献过殷勤，虽然他发表在《手工匠》上的一首精致的小诗有所暗示。

说到，啊，过去那几夜，

我能听见你，亲爱的，

就在楼下的晚会上，

我的主人的大床

堆满你客人的外套，

旧雨衣，假貂皮，

一根条纹围巾（那是我的）

旧情人的毛皮

（是兔子而不是龟鳖），

是啊，无数冬日，

像谄媚者匍匐的那张床

在歌剧院的走廊，

《奥涅金》的第一章，

在人来人往的房子里

在枝形吊灯下面，亲爱的，

你应该舞蹈，

像绒毛，飞过

装饰背景的喷泉和白杨。

我开始说话，语气高亢、清晰而傲慢（这是艾弗在戛尼斯海滩上传授给我的），任教奎恩的最初几年，每当开始一个难以控制的研讨班，我就用这种语气注入对太阳神的畏惧："我准备讨论的奇特案例就是我的一位好友，我将称他为……"

摩尔根太太放下手中的威士忌酒杯，亲密地挨近我说："你知道我曾在伦敦见过小艾丽斯·布莱克，我想，是在一九一九年前后。她父亲和我父亲——他是大使——是工作上的朋友。那时候我是个爱幻想的美国女孩。她是个大美人而且见多识广。后来听说她离开伦敦嫁给一位俄国王子，我记得当时这消息真叫我大吃一惊！"

"菲伊，"路易丝坐在十二点那儿向四点钟叫道，"菲伊！王子殿下正在发表敕令呢。"

大家都笑起来，那两个光着腿的蒂罗尔女孩绕着桌子互相追逐，跳过我的膝盖便又不见了。

"我将称这位好友为特威道尔先生[1]，我们将研究他的案例，如果你们中有人记得我那本《逐出迈达》里的同名小说，就会注意到这个名字的言外之意。"

（金教授夫妇和奥迪斯三人举起三只手，沾沾自喜地交换一下眼色。）

"此人正当盛年，在考虑第三次婚姻。他深爱一位年轻女士。然而，在求婚之前，他要诚实地坦白自己正受到某种疾病的折磨。我希望他们每次经过时别再摇晃我的椅子了。'疾病'这个词也许过重。那就让我们这么说吧：他认为自己的大脑机能存在某些缺陷。他告诉我的这种疾病本身是无害的，但很令人痛苦也很不寻常，而且可能预示着某种更严重、随时会发

1　Mr. Twidower，两度鳏夫先生。

作的精神疾病。就是这样。每当此人躺在床上想象一段熟悉的街道，比如，右边的人行道，从图书馆到……"

"酒品商店，"金插嘴道，好一个无情的笑话。

"可以，雷希特酒品商店。离这儿大概三百码……"

我又一次被打断，这次是路易丝（其实我这些话都是说给她一个人听的）。她转过头告诉奥迪斯说，她目测距离的时候从来不会用码，除非是用一张床或一个阳台的长度来分割这段距离。

"真浪漫，"金太太说道，"请继续，瓦季姆。"

"沿大学图书馆一侧，走三百步。现在我朋友的问题来了。他能够想象自己走到那里，也能够想象走回来，但就是不能想象向后转，将'那里'变成'回来'。"

"得打个电话回罗马，"路易丝低声对金太太说着，便起身准备离座，但我乞求她听我讲完。她只好听从，但警告说我那番长篇大论她一个字也没听懂。

"把你想象绕弯的那个部分再重复一遍，"金说道，"谁也没听懂。"

"我听懂了，"奥迪斯说道，"我们假设酒品商店恰好关门了，特威道尔先生——他也是我的朋友——只得转身返回图书馆。在现实生活中，他能够毫无阻碍或间断地完成这个动作，简单而不经过意识，就和我们所有人一样，就连艺术家的挑剔眼光也看到——A toi[1]，瓦季姆。"

---

1 法语，轮到你了。

"也看到，"我接过接力棒，继续说下去，"这一点，根据转身速度的差异，栅栏和雨篷以你为圆心所作的转动，要么如旋转木马般重重一晃，要么（向奥迪斯致意）如条纹围巾般（奥迪斯微微一笑，承认这确是奥迪斯风格）轻轻一甩落在肩头。但是当一个人一动不动地躺在床上，仅仅在头脑中以上述方式演练或者说重现转身的过程，难以想象的并非是旋转的动作——而是旋转的结果，景观回复，方向改变，只有这才是一个人竭力想象而不得的。酒品商店并没有像现实生活中那样简单而顺利地转到相反方向，可怜的特威道尔糊涂了……"

我已经看到它正在逼近，但还是希望自己有机会把话说完。可是不行了。金教授缓慢无声地起身离座，他那刚硬的络腮胡子和拱起的脊背仿佛灰色的雄猫。他两只手各托着一个酒杯，踮起脚尖走向金光熠熠、挤满客人的餐具柜。我双手猛地拍打桌沿，惊得摩尔根太太跳起来（她不是在打盹儿就是在几分钟之内苍老许多），也使老金停下脚步；他悄悄转过身来，机器人一般（仿佛在表演我的故事），又悄悄返回座位，手里托着空空如也的阿拉伯式酒杯。

"脑子，我朋友的脑子，糊涂了，如我所说，由于机械变化的恼人压力，从一个位置到另一个位置，从东到西或者从西到东，从一个该死的小妖精到另一个——我是说我正在失去故事的线索，思想的拉链卡住了，这真是荒唐……"

荒唐而且让人为难。那两个大腿冰凉、脖子僵硬的小女孩此刻正吵吵闹闹地辩论该由谁坐在我的左膝，因为那儿有蜂蜜，她们都想坐上"左膝"，互相推搡着，尖起嗓子嚷着蒂罗尔语，而菲伊表姐则凑到我跟前，带着阴森的语调说道："Elles vous aiment tant!¹"最后我顺手捏了一把靠我最近的一个屁股，她们尖叫着又开始绕着桌子跑起来，就像游乐园里永不停歇的小火车，从荆棘丛中疾驶而过。

我仍然无法理清思路，而奥迪斯前来解围。

"总之，"他说道（一声清清楚楚的"喔哟"，由残忍的路易丝发出），"我们这位病人的麻烦并非是某种身体行为，而是对于活动的想象。他在头脑中所能做的就是彻底略去旋转动作，从一个视觉平面变成另一个视觉平面，就像幻灯机里的画面变化，于是他发现自己失去了所面对的那个方向，或者说从未有过所谓的'反向'。有人愿意发表看法吗？"

这样的提问之后照例有片刻停顿，接着约翰·金开口说道："我建议你那位特威特先生²永远别再提起那一派胡言乱语。这一派胡言很引人入胜，很多姿多彩，但也是有害无益。你说呢，简？"

"我父亲，"金太太接口说道，"是植物学教授，他有一种相当可爱的怪癖：他能记住历史事件的日期和电话号码——比如我们家的号码是9743——但那个数字必须包含素数。比如我们家的号码他只能记住两个数字，第二个和最后一个，这样的组合完全没用；另外两个数字就像黑窟窿，像掉了的门牙。"

---

1 法语，她们太喜欢你了！

2 约翰·金故意把 Mr. Twidower 说成 Mr. Twitter，意为"鸟叫"。

"噢，那不错。"奥迪斯嚷道，兴奋异常。

我说那根本不是一回事。我朋友的痛苦还会导致恶心、晕眩和间歇性头痛。

"是啊，我知道，但我父亲的怪癖也有负面影响。倒不是他记不住，比如说，他在波士顿的住宅门牌号是68，他每天都会看到，而是他拿那个数字根本没办法；没有人能解释为什么他在头脑深处辨认出的不是68，而是一个无底洞。"

我们的主人再次故意重演了失踪的一幕。奥迪斯摊开手掌盖住空酒杯。我虽已烂醉如泥，但仍希望自己的杯子重新斟满，可它却被绕开了。圆形房间的墙壁又开始多少有些半透明起来，上帝保佑它们，而那两个白云石小妞儿[1]已经不在了。

"有一阵子我很想当芭蕾舞演员，"路易丝说道，"还是勃朗的小宠儿，那时候我总是躺在床上想象自己在排练，想象旋转对我来说毫无困难。只要多加练习就行，瓦季姆。如果你想看见自己走回图书馆，那为什么不在床上翻个身呢？我们得走了，菲伊，已经过午夜了。"

奥迪斯瞥了一眼手表，发出一声时间老人肯定不愿听到的惊呼，又感谢我和他共度了一个精彩的夜晚。摩尔根夫人噘起嘴唇，悄悄做出"厕所"的口型，好像在模仿大象的粉红色鼻孔，浑身绿莹莹的金太太立即飘然起身，带她往那儿去了。只剩下我一个人坐在圆桌前，终于我挣扎着站起来，一口喝干路

1　Dolomite Dollies，指上文提到的蒂罗尔女孩，蒂罗尔位于意大利北部，因该地区多白云灰岩，故名。

易丝杯子里剩下的代基里酒，在走廊里赶上了她。

她从来没有像现在这样微微颤抖着融入我的怀抱。

"会有多少四只脚的批评家，"她站在黑漆漆的花园里，温柔地沉吟片刻后问道，"指责你愚弄读者，如果你发表那些有趣的感受。三个，十个，还是一群？"

"那可不是'感受'，它们也并不'有趣'。我只是希望你明白，假如我发疯了，那一定是因为我在和空间观念周旋。'翻身'只是自欺欺人，也毫无帮助。"

"我要带你去看一位很神的精神分析师。"

"这就是你能给的建议？"

"哈，没错。"

"想一想吧，路易丝。"

"噢。而且我还想嫁给你。是的，当然，你这傻瓜。"

没等我再次拥住她苗条的身体，她早已无影无踪了。洒满繁星的天空，通常令人恐怖，现在却隐隐约约让我觉得好笑：它和那些朦胧素淡的秋日花卉一道，跟路易丝属于同一期《女人自己的世界》。我对准紫菀花哗哗小便，抬头望着贝尔房间的窗户，方方正正的 c2。和 e1 一样灯火通明，那间蛋白石房间。我回到那里，欣慰地发现已经有人体贴地将桌子清理整齐，就是在这张乳白色镶边的圆桌边，我讲授了最成功的第一课。我听见贝尔从楼梯口呼唤我，便抓起一把椒盐杏仁上楼去了。

五

第二天是星期天，一大早我身披大毛巾站着看四个鸡蛋在炼狱里翻滚碰撞，这时有人从我从来不上锁的边门走进客厅。

路易丝！路易丝一身淡紫色，准备去教堂。路易丝沐浴在柔和的十月晨曦中。路易丝倚在钢琴边，嫣然回眸，仿佛要引吭高歌。

是我先从拥抱中挣脱出来。

瓦季姆 不行，亲爱的，不行。我女儿随时可能下来。坐会儿。

路易丝 （打量一番扶手椅，然后坐下）可惜。你知道，我以前来过这里很多次！实际上我十八岁的时候就弹过那架大钢琴。奥尔登·兰德奥弗又丑又脏又残忍——而且绝对令人无法抗拒。

瓦季姆 听着，路易丝。我一直觉得你这种洒脱不羁的风格很迷人。但是你很快就要搬进这幢房子了，我们得更庄重些，对不对？

路易丝 我们得换掉那块蓝地毯。它衬得钢琴看上去像冰山。还要有各种各样的鲜花。那么多大花瓶却连一枝鹤望兰都没有！我在这儿的时候还有一大丛紫丁香花呢。

瓦季姆　　可你看现在是十月份。嘿，我讨厌说这些。你
　　　　　表姐不会在车里等你吧？这可有点不正常。

路易丝　　不正常，算了吧。她要到午饭前才会来。啊，
　　　　　第二场。

（贝尔下楼来，从钢琴后面走进客厅，只穿着拖鞋，戴着
一条廉价的彩虹色玻璃项链——里维埃拉的纪念品。她已经转
身走向厨房，露出漂亮的后脑勺和纤瘦的肩胛骨，突然意识到
我们在场，便折回脚步。）

贝　尔　　（和我打招呼，漫不经心地瞥一眼我那位惊愕的
　　　　　客人）我饿坏了。

瓦季姆　　路易丝，亲爱的，这是我女儿贝尔。她在梦游，
　　　　　真的，所以，呃，没穿衣服。

路易丝　　你好，安娜贝尔。没穿衣服很合身。

贝　尔　　（纠正路易丝）伊萨贝尔。

瓦季姆　　伊萨贝尔，这位是路易丝·亚当森，我的一位
　　　　　老朋友，刚从罗马回来。我希望我们以后经常
　　　　　见到她。

贝　尔　　你好（没有问号）。

瓦季姆　　行了，快去，贝尔，穿上衣服。早饭准备好了。
　　　　　（向路易丝）你也一起吃早饭吧？煮鸡蛋？一杯

可乐，外带吸管？（苍白的小提琴上楼去了）

路易丝　不，谢谢。我太吃惊了。

瓦季姆　是啊，情况已经有点失控，但你会发现，她是个特别的孩子，没有其他孩子会像她这样。我们需要你的到来，你的润饰。她从我这里遗传了以自然状态来回走动的习惯。伊甸园基因。很奇怪。

路易丝　这是一个两人裸体世界吗？莫非奥利里太太也加入了？

瓦季姆　（大笑）不，不，她星期天不在这里。我向你保证，一切正常。贝尔是个听话的小天使。她……

路易丝　（起身准备离去）她下来吃东西了（贝尔下楼来，身穿一件粉红色紧身睡袍）。我喝茶时再来。菲伊被简·金带去罗斯代尔看长曲棍球比赛了。（下场）

贝　尔　她是谁？你以前的学生？戏剧课的？演说课的？

瓦季姆　（快跑）我的天哪！鸡蛋！一定已经硬得像石头了。过来。我让你熟悉一下情况，就像你们校长说的那样。

六

　　大钢琴最先被搬走——由一帮冰山搬运工摇摇晃晃地搬出，由我捐献给贝尔的学校，我有许多理由尽量满足学校的要求：我不是一个容易被吓唬的人，但一旦被吓唬了就会非常害怕，和女校长第二次见面的时候，我扮演义愤填膺的查尔斯·道奇森[1]差一点失败，幸亏我成为一则轰动新闻的主角——我将与一位无懈可击的社会名流、我们最虔诚的哲学家的遗孀结婚。相反，路易丝则认为放弃这样一件奢侈品是人格侮辱和犯罪行为：她说，这种演奏会上用的大钢琴，其价格至少和她那辆旧赫卡忒敞篷车差不多，而她无疑并没有像我以为的那么有钱，正如那个逻辑难题所表述的：重复两次的谎言并不能产生一条真理。为了安慰她，我逐渐为音乐室（假如时间上的连续可以转为空间上的突然变化）添入她喜欢的时髦玩意儿：音响设备、迷你电视机、立体声放音机、手提式管弦乐器、越来越先进的录像机、将所有这些东西开启并关闭的遥控器，以及自动电话拨号机。贝尔生日那天她送给她一台有助入睡的雨声机；为了庆贺我的生日，她糟蹋了一个神经病患者的夜晚，送给我一座价值千元的床边闹钟，黑色钟面上没有数字，只有十二根黄色半径线，这使我对这闹钟视而不见，或者说假装看不见，就像对一个丑陋的热带城市里的可恶乞丐那样。作为补偿，这件可怕的东西有一条秘密光束，将阿拉伯数字（2：00、2：05、2：10、2：15，诸如此类）投射在我新换的睡觉区域的天花板上，从而破坏了椭圆形窗户神圣、完整、好不容易才达致的严丝合缝。我说如果她不把钟退给那个卖钟的浑蛋，我就要去买一把枪来把钟面打烂。她把钟拿走，换了一件"专为喜欢原创的人制造的东西"，一把镀银雨伞，形似大号长筒军靴——"任何和雨有关的东西都对她有着奇怪的吸引力"，她的"精神分析师"在给我的一封信中这样写道，在男人写给男人的信中，此君写的那些最是愚不可及。她还特别喜欢价格昂贵的小动物，但对此我毫不妥协，所以她从来没买她特别想要的长毛吉娃娃。

我对"知识分子路易丝"并没有多少期望。我唯一一次看见她落泪且好笑地低声悲叹，是在我们婚后第一个星期天，那天的所有报纸都刊登了两位阿尔巴尼亚作家（一位秃顶老诗人和一位长发的童书女编撰）的照片，两人分享了当年的最具声望奖，而之前她已经告诉每个人我肯定会获得该奖项。但另一方面，她只是草草翻了翻我的小说（尽管她将热心阅读《海滨王国》，这本书是我从一九五七年开始慢慢从体内拖出的长脑虫，希望它不会断裂），同时消费了所有文学社姐妹所热议的"严肃"畅销书，她喜欢在那些姐妹消费者面前标榜自己是作

1　Charles Dodgson（1832—1898），英国作家，以笔名 Lewis Carroll（路易丝·卡罗尔）为读者熟知，曾发表数学著作数种，而独以儿童文学读物见长。因为他口吃严重，对成年人不能畅谈，但常为儿童讲故事。代表作有《爱丽丝漫游奇境记》和《镜中世界》。

家夫人。

　　我还发现她自以为是现代艺术鉴赏家。她对我大光其火，因为我说我怀疑欣赏绿色条纹穿过蓝色背景与杂志目录上所谓"营造了无限时间和永恒空间的真正东方气氛"的解释有任何联系。她指责我试图摧毁她的世界观，因为我坚持认为（希望这只是我在耍小聪明），只有趣味庸俗的人——他们总是被那些雇来一本正经报道展览会的傻瓜所误导——才能容忍从垃圾箱里捡回来的破布、果壳和废纸，并冠之以"温暖的色调""善意的嘲讽"之类的名词。但是最动人也最糟糕的或许是她真诚地相信画家画的就是"他们的感受"；相信艺术系学生满怀感激和骄傲地诠释一幅粗糙凌乱、仓促完成于普罗旺斯的风景画，精神分析学家会解释说乌云压顶暗示着画家与父亲之间的冲突，麦浪起伏则暗示着他的母亲过早地死于一起沉船事故。

　　我无法阻止她购买时髦的绘画样品，但我很明智地将其中一些非常讨人厌的东西（比如一组由"天真"囚犯炮制的涂鸦）引入圆形餐厅，当我们有客人共进晚餐时，这些画就会在烛光中朦胧游动。平常我们吃饭都在厨房和女佣住处之间的快餐桌上。路易丝在那张桌上新添了一台卡布奇诺咖啡机，又在房子另一头的蛋白石房间里为我安了一张笨重华丽、带床头垫的床。隔壁浴室里的浴缸不如我原来那个浴缸舒服，每周有两三个晚上，我都得克服诸多不便远赴我们的婚房——经过客厅、咯吱作响的楼梯、楼梯平台、二楼走廊，并穿过贝尔房间门缝里透出的莫测光线；但我珍视我的隐私，虽然我也厌恶它的缺陷。我戴着路易丝所谓的"土耳其假发"，禁止她敲地板和我联络。最后我让人在我房里安装了内线电话，只在某些紧急情况下使用：我想是即将崩溃时的精神状态，常在夜间发病时产生的末世妄想症；还有半瓶的安眠药，只有她才能偷到。

我没有将东侧的两个房间重新安排成螺旋形空间供路易丝使用——"也许我也需要一间工作室？"——也没有将贝尔连同她的床和书统统搬到楼下蛋白石房间，只留下我一个人睡在楼上的卧室，而是固执地决定让贝尔留在她的房间，只让路易丝睡在她隔壁，尽管路易丝挑剔地提出反对意见，比如要搬走我放在地下图书室里的写作器具，把贝尔和她的所有东西驱逐到那个温暖、干燥、安静的巢穴。尽管我知道自己永远不会屈服，但是房间、家什在脑海里变换位置的过程却使我彻底病倒了。尤有甚者，我感到——也许我错了——路易丝对"继母对继女"的那一套非常热衷。我并不后悔娶她，我认识到她的魅力和她所起的作用，但我对贝尔的宠爱是我单调的感情平原上唯一的高山，唯一的亮点。我在很多方面都极为愚蠢，就是无法处理一个看似模范的家庭里的纠纷和矛盾。早上一醒来——或者是意识到惟有起床才能骗过凌晨失眠的那一刻——我就在猜测那一天路易丝会发明什么新方法来骚扰我的女儿。两年后，这个老傻瓜和他轻浮的妻子让贝尔去瑞士过了一段漫长乏味的假期，然后将她留在海科斯和特莱克斯之间的拉里夫，留在一个"淑女学校"[1]里（结束童年,结束天真青涩的想象）,一九五五年到一九五七年间在奎恩的三口之家生活,才是我以诅咒和泪水来回顾的,而不是我早年所犯下的错误。

她再也不和继母说话;如果不得不交流,就用手势:比如,路易丝夸张地指一指冷酷无情的钟,贝尔则敲敲永不离身的水晶手表,表示反对。她对我的爱已经完全消失,当我想敷衍地拥抱她,她会轻轻闪开。她又拾回了茫然若失的苍白表情——刚从罗斯代尔来时那表情曾令她五官晦暗。加缪取代了济慈。功课越来越差。她不再写诗。一天,我和路易丝正在收拾行装准备出发去欧洲（伦敦、巴黎、比萨、斯特里萨以及——用小印刷字体——拉里夫）,我从旅行箱内侧的丝绸夹层里取出一些旧地图,科罗拉多,俄勒冈,当内心有个声音催促着说出"夹层"时,我突然发现一首她很久以前写的诗,当时路易丝还没有闯入她真挚的青春生活。我认为读一下这首诗对路易丝有好处,便将这张练习簿上撕下的纸递给她（撕口歪歪斜斜,但仍看得出来是我的簿子）,只见那几行铅笔字写的是:

六十岁时,如果我回头看,

丛林和山丘将隐藏

谷道、泉源、沙砾

和小鸟经过的足迹。

1　Finishing school, 为富家女子学习上流社会行为所办的私立学校,也叫"精修学校"。Finishing 即"结束"。

我昏花的老眼

看不见任何东西，

但我知道泉源，它就在那里。

那么十二岁——人生的五分之一！——

当我回头看，

也许视野更清晰，

中间没有垃圾，

但我怎么竟不能想象

那片潮湿的沙砾

行走的小鸟

和我那泉源的微光？

"几乎是庞德[1]式的纯粹。"路易丝评论道——我很生气，
因为我认为庞德是个骗子。

1　Ezra Pound（1885—1972），美国意象派诗人，后旅居欧洲，代表作有
《华夏集》《诗章》等。

七

　　瓦因多尔城堡，贝尔就读的迷人的瑞士寄宿学校，位于罗讷河畔迷人的拉里夫城一座三百米高的迷人山坡上，由奎恩大学法语系的某位瑞士籍女士在一九五七年夏天向路易丝推荐。另外还有两所条件基本类似的"淑女"学校，但路易丝选择了瓦因多尔，仅仅因为一句偶然的评论，评论者甚至不是她的瑞士朋友，而是在一家偶然选中的旅行社里偶然遇见的一个女孩，她用一句话概括了这所学校的品质："有很多突尼斯公主。"

　　学校教授五门主课（法语、心理学、礼仪、缝纫、烹饪）和各类体育活动（由前著名滑雪运动员克里斯蒂娜·迪普拉指导），还有十几门辅修课可供选择（能让最是相貌平平的女孩留在学校直到结婚），包括芭蕾舞和桥牌。另外一个额外的好处——特别适合孤儿或被遗弃的孩子——是有一个夏季学期，以远足和自然课来填补一年里最后的剩余时间，几个幸运的女孩在女校长德蒂尔姆女士家中度过，那是阿尔卑斯山间的一座小木屋，海拔比学校更高出大约一千两百米："在晴朗的夜晚从城堡眺望，"学校简介中用四种语言写道，"只见小木屋的孤独灯光在黑黢黢的群山中明明灭灭。"学校每年还为当地的各类残疾孩子组织某些野营活动，由我们那位擅长医术的运动女指导负责。

一九五七年，一九五八年，一九五九年。有时候，很难得，我会背着路易丝——她坚决不肯花五十美元去听贝尔断断续续地说二十个单音节词——从奎恩打电话给贝尔，但这样几次电话之后，我却收到德蒂尔姆女士的一封短信，请我不要再打电话让贝尔不安了，于是我只好退缩进黑暗的壳。黑暗的壳，我内心的黑暗之年！可奇怪的是，那些年恰好是我创作《海滨王国》之时，那是我最具活力、最热闹也是商业上最成功的小说。它的需求、它的趣味和喜爱、它复杂的意象，多少弥补了我亲爱的贝尔不在身边带给我的遗憾。它也必然会减少我和她之间的通信（那些善意、随性、矫揉造作的信，她很少费神作答），尽管我几乎没有意识到。如今痛苦地回想当时，更令人吃惊，自然也更令我费解的是，我的自娱自乐竟严重影响了一九五七年到一九六〇年（那一年她和一个留着金胡子、思想激进的美国青年私奔了）我们的探望次数及时间。有一天我们讨论现在的日记时，你惊讶地发现，在那三年暑假期间，我仅仅见过"亲爱的贝尔"四次，仅仅两次的逗留时间有数周。不过我得说明，她坚决不肯回家度假。当然，我不该将她扔在欧洲。我应该选择在那个地狱般的家里，在一个幼稚的女人和一个忧郁的孩子之间痛苦地忍受到最后。

小说创作也影响了我的婚姻生活，使我变成一个缺乏激情、过于宽容的丈夫：我听任路易丝可疑地频繁出城看眼科专家，那些专家的名字电话本上根本找不到，同时也忽略了她对罗丝·布朗的管教，罗丝是我们家聪明伶俐的女佣，一天要用肥皂洗三次澡，还认为带花边的黑色内裤"能吸引男人"。

但是创作造成的最大伤害却是它对我讲课的影响。对于它，我就像该隐一般献出我夏日的鲜花，又像亚伯一般献出校园里的绵羊。因为创作，我的学术升华过程已达到极致。与人类的最后一线联系已被切断，不仅是我的身体完全在讲堂上消失，甚至我已录下整个课程，通过学校闭路系统输入戴着耳机的学生的房间。有谣言说我准备辞职；事实上，一个爱玩文字游戏的家伙在一九五九年春季号的《奎恩季刊》上发表匿名文章说："据说他的孟浪已要求在荣退前获得一次晋升[1]。"

那年夏天，我和第三任妻子最后一次见到贝尔。艾伦·加登（栀子花真该以他的名字来命名，瞧他纽孔里的栀子花是多么漂亮、多么神气）在数年的公开妍居之后，刚和年轻的弗吉尼娅结为夫妇。他们将无忧无虑地生活下去，直到两人年龄相加达到一百七十岁，不过还有残酷不幸的一章仍待虚构。我费尽心机地写着这一章的开头几页，在一张错误的书桌边、在一家错误的旅馆里、在一片错误的湖面上，面对着左手肘边错误的小岛景致。唯一正确的东西是面前一瓶加蒂纳拉红酒。正当我在处理一句支离破碎的句子，路易丝来到我身边，她刚从比萨回来，我猜——暗自好笑又觉得事不关己——她准是在那儿和某个旧情人鸳梦重温了。她心怀不安而对我言听计从，我借

---

1 "temerity"（孟浪）和"emeriting"（荣退）谐音。

机带她到瑞士，对此她简直恨之入骨。和贝尔约定在拉里夫大酒店晚餐。和她一起来的就是那个金发青年，两人都穿着紫色长裤。酒店的司厨长隔着菜单向我妻子低语几句，她便起身扯下我的旧领带让那个年轻乡巴佬围在喉结和细脖子上。原来他祖母和路易丝祖父——一个并非十分清白的波士顿银行家——的第三个表弟是姻亲。这回上来的是主菜。之后我们在大堂喝了咖啡和樱桃酒，查理·埃弗里特给我们看了他和贝拉（贝拉！）负责的盲童（他们能够不看见营地里单调的刺槐和河边牛蒡草中一圈圈烧成灰烬的垃圾）夏令营的一些照片。他二十五岁。他说他花了五年时间学俄语，现在流利得就像一头受过训练的海豹。有个例子证明这比较正确。他是富于献身精神的"革命者"，是无可救药的傻瓜蛋，一无所知，迷恋爵士乐、存在主义、和平主义以及非洲艺术。他认为短小精悍的传单和目录比厚重的旧书"有意义"得多。这个可怜虫身上散发出一股甜腻、陈腐而病态的气息。在漫长难熬的用餐和喝咖啡过程中，我一次也没有——一次也没有啊，亲爱的读者！——抬头看过我的贝尔，但就在我们即将分别（永久分别）之际，我确确实实看了她一眼，从她的鼻孔到耳边新添了两条细纹，鼻梁上一副祖母眼镜，头发中分，青春的美丽已荡然无存，而其余韵在今春去冬之前我到拉里夫看她时还依稀可见。他们必须十二点半之前回去，唉——并不是真心实意的"唉"。

"希望你很快就回奎恩来看我们，很快就来，多莉，"我说道。我们一起站在人行道上，海蓝色的天空映着黑黢黢的山脉，乌鸦磔磔叫着，排成一行渐渐飞远，飞远。

我无法解释这口误，而贝尔被激怒了，她从来没有这样愤怒过。

"他在说什么？"她嚷道，看看路易丝，又看看她的心上人，再看看路易丝。"他什么意思？他为什么叫我'多莉'？究竟谁是'多莉'？为什么，这是为什么（转向我），你为什么要这么叫？"

"Obmolvka, prosti（对不起，是口误），"我答道，仿佛已奄奄一息，试图将这一切统统变成一场梦，一场关于那可恶的最后时刻的梦。

他们迅速走向他们的克洛普轿车，他半推着她，手里的车钥匙划破空气，在她左侧，在她右侧。海蓝色的天空沉默着，晦暗而空寂，除了一颗星星形状的星星，多年以前我曾为它写过一首俄语哀歌，在另一世界。

"真是一个有魅力、有教养、温厚、性感的小伙子！"当我们步履沉重地走进电梯，路易丝开口说道，"你今晚有兴致吗？马上就来，瓦季！"

第五部分

一

　　《看，那些小丑！》这倒数第二部分，是我多少有些被动的生活中精神饱满的一段，却特别难以下笔，它令我想起学生受罚，我曾被一位最严厉的法国家庭教师惩罚——将某句谚语抄写 cent fois[1]（嘘声和唾沫）——因为我在她那本《简明拉鲁斯词典》的插图旁加上我自己的画，因为我在课桌下探索小表妹拉拉姬的双腿，她在那个令人难忘的夏天和我一起上课。说真的，我已经在脑海里将我一九六〇年代后期赶往列宁格勒的故事重复了无数遍，面对济济一堂的听众朗读拙作或叙述梦幻人生——而我始终怀疑这一凄凉的旅程是否必要、能否成功。但你和我争辩，你态度温和而坚决，是的，你命令我详述那次旅程，为了使我女儿的悲惨命运增添几分有意义的假象。

　　一九六〇年夏天，克里斯蒂娜·迪普拉组织残疾孩子在拉里夫以东的悬崖和公路之间夏令营，她通知我说，她的一个助手查理·埃弗里特带着我的贝尔私奔了，之前他烧毁了——她比我更清楚地目睹了一个古怪的仪式——自己的护照和一面小美国国旗（专门为了这个目的而去纪念品小店买来），"就在苏联领事馆后院中央"；这位新生的"卡尔·伊万诺维奇·韦特洛夫"，和十八岁的伊萨贝拉——前贵族的女儿——在伯尔尼举行了某种模拟婚礼后仓皇逃往俄国。

与这封信同时到达的有一份邀请，请我前往纽约和一位著名同行探讨我何以会突然闯到畅销书榜首，有来自日本、希腊、土耳其出版商的询问，还有一张寄自帕尔马的明信片，上面潦草地写着："路易丝和维克多为《王国》喝彩。"而我根本不知道维克多是谁。

我将所有工作撇在一边，在多年禁欲之后，再次陷入秘密调查的刺激中。早在我和艾丽斯·布莱克结婚之前，暗中刺探就已经是我的拿手好戏，就像契诃夫擅长给病人灌肠，艾丽斯后来热衷于一部冗长不堪的侦探小说，肯定也是受到了我的某个暗示的激发，仿佛飞鸟的羽毛，灵光一闪，与之相连的是我在广阔而迷蒙的宗教仪式中的经验。我为长辈提供了一些小小的帮助。那棵树，一棵开满蓝色花朵的白蜡树，我曾看见有两位"外交官"——托尔尼科夫斯基和卡利卡科夫——利用树皮的伤口来接头，而如今它依然矗立在圣贝纳迪诺山顶上，几乎毫发无损。但为了精简结构，我从这个乏味的爱情故事中删去了这一有趣的树种。然而此刻它的存在却有助于我躲开——至少是暂时躲开——深深的遗憾所带来的疯狂和痛苦。

要想找到卡尔在美国的亲戚简直就像儿戏；也就是说，那两位形容憔悴的姑妈都厌恶这孩子，她们彼此之间都还不至于这样厌恶。一号姑妈向我保证说他根本没有离开瑞士——他们仍然将他的第三类邮件转到波士顿送到她手里。二号姑妈是费

---

1 法语，几百遍。

城怪物，她却说他喜欢音乐，正在维也纳无所事事。

我高估了自己的力量。旧疾复发来势汹汹，我不得不住院几乎整整一年。所有医生都命令我彻底休息，但我不得不和出版商一起应对一场旷日持久的诉讼，因为我的小说被那班冬烘的审查官指控为淫秽。我再次病势沉重。我寻找贝尔的努力不知怎么竟和我的小说导致的争议纠缠在一起，我感到幻觉困扰着我，压迫着我，我只觉得一幢高楼矗立在眼前，清晰得如同人们看见高山和船只一样，楼里的每一扇窗户都灯光闪耀，它正试图向我逼近，穿过病房的某一堵墙，搜寻最薄弱的一点，马上就要破墙而入，直撞我的病床。

直到六十年代后期，我才得知贝尔的确嫁给了韦特洛夫，不过他被派往某个遥远的地方，不知是从事什么工作。然后就来了一封信。

信由一位德高望重的商人（我称他为 A. B.）转来，随信附了一张便条，说他做"纺织品"生意，尽管学的是做"工程师"；说他代表"一家在美国的苏联公司以及一家在苏联的美国公司"；说他转寄的这封信来自一位在他的列宁格勒办事处工作的女士（我称她为多拉），事关我的女儿，"虽然他无缘认识她，但他认为她需要我的帮助"。他还说一个月后他就要飞回列宁格勒，如果我能"联系他"，他将十分高兴。多拉的信是用俄语写的。

尊敬的瓦季姆·瓦季莫维奇！

您也许收到过很多我们国家的人寄来的信，他们都读到过您的书——那可不是件容易事！然而，写这封信的人却并非您的崇拜者，而是伊萨贝拉·瓦季莫维娜·韦特洛夫的一个朋友，与她同住一室已有一年多了。

她病了，听不到丈夫的任何消息，身无分文。

请您务必和写便条的人联系。他是我的老板，也是远房亲戚，他答应捎来您的回信，瓦季姆·瓦季莫维奇，如果可能的话，也请捎来一点钱，但最重要，最重要的事（glavnoe, glavnoe）是，请您亲自（lichno）来一趟。请告诉他您能否来，如果来，我们能在什么时候、什么地方见面讨论一下目前的情况。生活中的一切都很紧急（speshno，"紧急"，"不能耽搁"），但有些事特别紧急，比如这一件。

为了让您相信她就在这里和我在一起，是她要我给您写信，而她自己写不了，我附上只有您和她才能读懂的小线索或标志："……还有睿智的小路（i umnitsa tropka）。"

我在早餐桌前呆坐片刻——在罗丝·布朗满怀同情的注视下——就像穴居者一般双手抱头，躲避头顶岩石的崩裂（女人也会做同样的姿势，当听见隔壁房间有什么东西落地）。当然，我当即做出决定。我隔着轻薄的裙子顺手拍拍罗丝年轻活力的屁股，大步走向电话机。

几小时之后我已经在纽约和 A. B. 一起用餐了（而下个月我将会从伦敦和他通几次长途电话）。他十分矮小，完全是椭圆形身材，秃顶，小脚上一双昂贵的鞋子（而他的其他包装看上去没什么档次）。他说一口略带俄语口音的蹩脚英语，说不定是一个犹太俄国人。他认为我应该先去见见多拉。他为我定好了和她见面的确切地点。他告诫我说旅客准备前往苏联这怪异奇境的第一步非常庸俗，他将被分派进一个旅馆房间（nomer），只有当他得到批准之后，才能办理"签证"。面对着堆积如山、布满褐斑、浸透黄油、涂好鱼子酱的黄褐色俄式煎饼（A. B. 执意不让我付钱，虽然《海滨王国》让我赚了很多钱），他用富有诗意的语言详尽讲述了最近一次特拉维夫之行。

我的下一个行动——伦敦之行——原本会非常愉快，要不是我总被焦虑、烦躁和痛苦的预感所压迫。通过几位大胆的绅士——一位是艾伦·安多弗顿的旧情人，另两位是我已故恩人的挚友——我一直和宾特（苏联情报部门对于著名的、太过著名的英国情报机构的简称）保持着某种清白的联系。所以我完全有可能搞到一张假护照，或者多少有些掺假的护照。既然我也许会再次利用这些资源，在这里就不便确切透露我的化名。不用说，我的化名和真姓之间具有某些有趣的相似之处，如果我被抓住，能够助我蒙混过关，那可以是因为心不在焉的领事在办理文书时出错，也可以是因为对疯子所持的正式文件视若无睹。且让我们假定我的真名是"奥勃隆斯基"（是托尔斯泰虚构的名字）；那么化名就有可能是，比如说，"O. B. 隆"，也就是，椭圆形的模糊天空[1]。我还可以把这个名字进一步改为，

---

1 "奥勃隆斯基"的英文是 Oblonsky，可以拆为 oblong sky，即"椭圆形天空"。

比如说，奥勃伦·伯纳德·隆，来自都柏林或邓恩伯顿，用它在五六个大洲生活好多年。

我不满十九岁就逃离俄国，在一片危险的森林中跨过地上一名红军士兵的尸体。在之后的半个世纪里，我抓住一切适当的机会在作品中痛骂、嘲笑、折磨苏联政权，将它扭曲成各种滑稽的形状，仿佛拧一条血淋淋的毛巾，仿佛猛踢魔鬼身上散发恶臭的毒疮。事实上，那个时期在我所属的文学界不再有人能够始终如一地批判他们的残暴和愚昧。因此我清楚地意识到两个事实：第一，如果我用自己的名字，就不可能在欧罗巴、阿斯托里亚或列宁格勒的任何一家旅馆订到房间，除非我作出某些特殊修正，某些饱受卑屈的放弃；第二，如果我直接以隆先生或布隆先生的名字与旅馆方面交涉，一旦被盘问，就会麻烦不断。所以我决定不被盘问。

"我过边境时是否该留胡子？"在《埃斯梅拉达和她的帕兰德如斯》第六章，思乡心切的古尔科将军若有所思地说道。

"最好留着，"哈利·Q，我最快乐的一位顾问说道。"但是，"他补充道，"一定要在我们粘好 O. B. 的照片并盖上章之前就开始留，还要保证之后不掉体重。"于是我开始留胡子——在极为痛苦的等待过程中，等待我无法仿造的旅馆房间和无法伪造的签证。胡子完全是维多利亚时代的风格，粗犷浓密，黄褐色中夹杂着几茎银灰。它上抵我红润的脸颊，下及我的西装背心，和黄灰相间的鬓发混为一体。特殊的隐形眼镜不仅改变了我的眼神，显得有些呆滞，甚至多少改变了眼珠的形状，本来是方方的，好像狮子，现在成了圆圆的，好像木星。而直到我返回之后，才发现我身上穿的、包里带的那些定做的旧裤子，在腰带内侧竟赫然绣着我的真名。

我那本保存完好的旧英国护照，曾被那么多彬彬有礼的官员草率处理，他们从来没有打开过我的书（护照的偶然持有者唯一真实的身份证明），在走完了一个规矩和能力都不允许我详述的程序之后，那本护照在很多方面都保持原样；但它的某些其他特征、具体细节和信息栏目，则通过某种新手段、某种神秘魔法、某种天才技巧而得到"变更"，至于变更的方法，"在别处还没人能勘破"，实验室里的伙计们会用这种圆滑的措辞来表明人们对一项新发明的懵懂无知，而这项发明也许拯救过无数间谍和亡命之徒。换言之，没有人，没有一个不熟知内情的法医化学师，能够怀疑，更不用说证明，我的护照是伪造的。我不知道自己为什么要对此事如此不厌其烦、喋喋不休。也许，是因为我想逃避，不愿意讲述我的列宁格勒之行；但我再也不能敷衍下去了。

二

经过三个来月的焦急等待，我终于准备出发。我感觉从头到脚都被喷了一层漆，就像那个赤身裸体的男子，异教徒行列中最耀眼的那个，已然死于表皮窒息，浑身涂满金黄的清漆。就在我出发前几天突然发生了一桩当时看来并无关碍的变化。我原定周四从巴黎起飞前往莫斯科。周一那天，有个悦耳的女声打电话到我住的那家怀旧舒适的小旅馆（位于里沃利大街），告诉我说出于某种原因——也许是苏维埃迷雾笼罩下一次秘而不宣的撞机事件——整个计划不得不改变，我要么在本周三要么在下周三乘坐一架苏联民用航空总局的涡轮螺旋桨式飞机前往莫斯科。我当然选择前者，因为那不致影响我约定的日期。

我同行的旅伴是几位英国和法国游客以及一大群神情肃然的苏联贸易代表团官员。一踏进机舱，就有某种廉价不真实的幻觉将我包围——并在之后的旅程中一直萦绕不去。正是六月，天气很热，荒唐的空调系统根本敌不过汗水和"红色莫斯科"的气味，这种深藏不露的香水甚至能够渗进起飞前慷慨发给我们的硬糖（包装纸上写着 Ledenets vzlyotnyy，"起飞冰糖"）。另一种童话般的感觉来自装饰机舱窗帘的鲜艳斑点——黄色的旋曲花饰和紫色的眼状图案。座位前方塞着同样颜色的防水纸袋，标签上不祥地写着"废物处理"——好像是在那个仙境中处理我的身份。

我的情绪和精神状况需要烈酒而不是又一轮"冰糖"或趣味读物；不过我还是从一名身穿天蓝色制服、身材粗壮、面无笑容、裸露双臂的空姐手里接过一本宣传杂志，从中饶有兴趣地得知（与目前的胜绩形成鲜明对比）在一九一二年举行的足球世界杯中俄罗斯队成绩并不理想，当时的"沙皇队"（大概由十名波雅尔[1]和一头熊组成）以零比十二的悬殊比分惨败给德国队。

我已经服下一粒镇静药，希望能在飞机上至少睡上一阵；但我第一次也是唯一一次打盹的努力却被一名更肥胖、汗臭味更强烈的空姐挫败了，她竟然叫我把腿收回来，别老远地伸到过道上，而她正在过道上分发更多的宣传材料。我不由暗暗羡慕起身边占据靠窗位子的法国老人——至少肯定不是我的同胞，他蓄着一把乱蓬蓬的灰白胡子，系着一条吓人的领带，睡足了飞行的五个小时，对沙丁鱼和伏特加压根不屑一顾，而我却无法抵制后者的诱惑，尽管我后裤袋里藏着一瓶更好的。也许有朝一日摄影史家能够根据精确的数据帮助我弄清，面对一张难以确指的陌生面孔，我是如何追忆到一九三○年至一九三五年间，而不是一九四五年至一九五○年间的。坐在我身边的这个人一定是我在巴黎认识的某个人的双胞胎兄弟，但那个人究竟是谁？作家同行？公寓管理员？鞋匠？确定其身份

1　Boyar，沙俄贵族阶层的成员，地位仅次于王公，此阶层后被彼得大帝废除。

的难度不亚于感知照片上形象的"明暗"和"感觉"。

飞行即将结束时，我的雨衣从行李架上掉下来正好落在他身上，他猛然惊醒，从雨衣下钻出头来，和蔼地咧嘴一笑，我趁机凑近了半开玩笑地看了他一眼。再次瞥见他肥胖的侧影和浓密的眉毛，是在我将仅有的一只旅行箱里的物品送交检查之际，我当时竭力压住内心的疯狂冲动，才没有去质疑海关通告的英语措辞："……微型图表、屠宰家禽、活体动物和鸟类。"

又一次见到他的时候，我们正乘巴士转到另一个机场，这一次看得并不很清楚。巴士穿过莫斯科脏乱的近郊，这座城市我一辈子都没有见过，却让我很感兴趣，就像对，比如说，就像对伯明翰一样。然而，在前往列宁格勒的飞机上他又坐在我旁边，这回是在里侧。阴沉的空姐和"红色莫斯科"的混合气味从二十一点十八分到二十二点三十三分一直陪伴着我们，而最后当那些光着胳膊的天使增加服务时，她们的气味在机舱里逐渐占了上风。为了在我身边这个谜一般的人消失之前弄清楚他究竟是谁，我用法语问他是否了解那一群在莫斯科登上我们这架飞机的特殊人物。他的回答带着含混的巴黎口音，他以为那是一个伊朗马戏团，在欧洲巡演。那些男人都像是身穿便服的小丑，女人都像天堂里的小鸟，孩子都像金质奖章，而其中有一个面色苍白的黑发美女，身穿黑色短开衫和黄色裤子，则让我想起艾丽斯或艾丽斯的原型。

"我希望，"我说道，"会在列宁格勒看到他们的表演。"

"喔哟！"他回答道。"他们可比不过我们的苏联马戏团。"

我注意到那个无意识的"我们"。

我和他都临时宿在阿斯托里亚，一幢丑陋的大房子，估计建于一战期间。一个"豪华"间，因为到处是窃听器（盖伊·盖利曾传授我一种方法，能一眼发现是否有窃听器）而显得很尴尬似的，橙色窗帘，老式壁龛里的床铺着橙色床单，倒是真的按照规定有独立淋浴设施，但却让我花了不少时间对付时急时缓的泥浆色水流。"红色莫斯科"最后一次现身是在一块肉色的肥皂上。有一张告示，上写："饭菜可以送到房间。"我就试着要了一份晚间快餐；结果毫无反应，然后我又在颇难对付的餐厅里饿着肚子捱了一个小时。"铁幕"真是一个灯罩：在这里所不同的是，它镶嵌着奇怪的花瓣形玻璃外壳。我点的 kotieta po kievski[1] 在四十四分钟之后才从基辅送来——两秒钟之后就被当作非肉片送了回去，我低声咒骂（用俄语），女侍者大吃一惊，瞪着我和我手上的《工人日报》。高加索葡萄酒难以入喉。

我快步走向电梯，努力回想我把该死的食物扔到哪儿了，这时发生了可爱的一幕。一个血色红润、体格健壮、挂着几串珍珠项链的 liftyorsha[2] 正和一个领养老金模样的老妇人交接班，她一边噔噔噔从电梯里出来，一边冲着老妇人骂骂咧咧："Ya tebe eto popomnyu, sterva!（我迟早会给你好看，你这贱货！）"——她一头撞到我，差点把我推倒在地（我是个块头

1　用拉丁字母转写的俄语，基辅肉片。
2　用拉丁字母转写的俄语，电梯女工。

不小但瘦弱不堪的老头子）。"Shtoy-ty suyoshsya pod nogi?（你干吗碍手碍脚的？）"她以同样蛮横的声音吼道，值夜班的老妇默默地摇了摇满头白发，电梯一直升到我住的楼层。

在两个夜晚之间，是一场连续梦境的两个部分，在梦中我徒劳地搜寻贝尔所在的街道（由于数百年来阴谋集团盛行的迷信风潮，我宁愿没人告诉我街道的名称），我很清楚她正躺在房间斜对角的壁龛里鲜血淋漓，仰面大笑，光着脚走上几步就会来到我床前，而我却依然在这座城市里徘徊，漫不经心地在这个四分之三个世纪之前我出生的地方寻找感情慰藉。或许是因为这座城市被一个颇得人心的恃强凌弱者建筑在一片沼泽之上，而它从来无法越过这片沼泽，或是出于其他原因（果戈理认为没人知道为什么），圣彼得堡不适合孩子居住。我肯定在那儿度过了某些年的十二月里无关紧要的几天，无疑还有一两年的四月；但在我进剑桥大学前的十九个冬天里至少有十二个冬天是在地中海或黑海岸边度过的。至于夏天，我少年时的夏天，都是在家族的乡间庄园为我绽放。于是我不无惊讶地发现，除了明信片上的图景（千篇一律的公园，种着橡树一般的椴树，一座浅绿色的宫殿，而非记忆中的粉红色，还有被毫不留情镀成金色的教堂圆顶——这一切都映衬着意大利式的天空），我从未见过我出生的这座城市在六月或七月里的景象。所以，它的外形绝不会引发认知上的惊恐；这座城市虽然说不上完全陌生，但也并不熟悉，仍然停留在另一个时代：一个不确定的时代，不见得有多遥远，但肯定在除臭剂发明之前。

天气越来越热，每一个地方，旅行社、休息室、候车室、百货商店、无轨电车、升降电梯、自动扶梯，每一条可恶的走廊，每一个地方，尤其是女人工作或曾经工作的地方，都有一锅看不见的洋葱汤在看不见的炉子上滚煮。我在列宁格勒不过逗留几天，来不及习惯这种令人神伤的气味。

我从游客那儿得知，我家的祖宅已不复存在，就连祖宅所在的封坦卡区两条大街之间的那条小巷也已经消失，就像有机体退化过程中的某一处结缔组织。那么究竟是什么洞穿了我的记忆？是那缕夕照，带着辉煌的青铜色云彩，将一抹绚丽的粉红色融化在冬运河远端的拱门上，初见那景象也许是在威尼斯。还有什么？花岗岩栏杆的阴影？说实话，只有狗、鸽子、马匹以及年迈温顺的衣帽间侍役，才是我比较熟悉的。是他们，也许还有格特森大街上某幢房子的正面。也许多年以前的某个儿童节我去过那儿。楼上窗户上沿的花卉图案令我感到一种怪异的战栗正从翅膀根部穿过，这样的翅膀，当我们在如梦如幻的回忆时刻都会从背后生出。

和多拉见面的时间定在星期五上午，就在俄罗斯博物馆前的艺术广场，旁边有一座普希金塑像，是十多年前由气象委员会设立的。一家涉外旅行社的广告册子里有这个地方的着色照片。这座塑像的气象意义远大于文化意义。普希金身穿长礼服，右边衣襟永远微微撩着，那是因为涅瓦河微风的吹拂，而不是诗歌灵感的冲动，他高高站立，眼睛望着左上方，而右手则伸向另一边，在感觉雨下得有多大（每当紫丁香在列宁格勒

225

公园绽放的季节，这个姿势就非常自然）。我到那儿的时候，雨势已经减弱，细雨飘荡，在长椅上方的椴树之间低语。多拉应该坐在普希金的左侧，也就是我的右侧。长椅上没有人，看上去湿漉漉的。塑像基座的另一边有三四个孩子，一看就是苏联孩子那种忧郁、乏味、古怪过时的形象，而我则一个人闲逛着，手上握着一份法国《人道报》，而不是什么《工人日报》，本来谨慎起见我应该拿《工人日报》作暗号，但却没能买到。正当我把报纸铺在长椅上的时候，一位女士一瘸一拐地——我早知道了——沿公园小径朝我走来。她身穿淡粉色上衣——这我也知道，一条腿天生畸形，拄着一根结实的拐杖。她还带着一把半透明的小伞，这却不在特征清单里。我顿时哭成泪人儿（尽管我吃足了药片）。她那双温柔美丽的眼睛也湿润了。

我是否收到 A. B. 的电报？两天前发往我在巴黎的地址？莫里茨旅馆？

"全乱套了，"我说道，"再说我提前离开了。不要紧。她的情况有没有更糟？"

"不，不，不，恰恰相反。我知道你肯定会来，但出了点意外。星期二我上班的时候卡尔突然来了，把她带走了。他还拿走了我新买的手提箱。他根本不管那是谁的东西。有朝一日他会被当作惯偷叫人打死。他第一次遇到麻烦就是因为开口闭口说什么林肯和列宁是兄弟。而最近一次是……"

真健谈，多拉。贝尔究竟得了什么病？

"脾性贫血。而最近一次是因为他对语言学校里的得意门生说，人们只能做一件事，那就是互相关爱，宽宥仇敌。"

"很有创意。你认为他会带她……"

"是啊，可惜这位得意门生告了密，害得卡尔进监狱待了一年。我不知道他现在带她去哪儿了。我甚至不知道该去问谁。"

"但肯定有什么办法吧。必须把她带回来，离开那个困境，那个地狱。"

"那不可能。她仰慕卡尔，她崇拜卡尔。就像德国人所说，C'est la vie[1]。可惜 A. B. 在里加，要到月底才能回来。你难得见到他。是的，真是可惜，他这人太怪，但也很可爱（chudak i dushka），他有四个侄子在以色列，他说，这听上去就像是'伪古装戏里的人物'。其中一个就是我丈夫。生活有时候很复杂，人们往往认为，越复杂就会越幸福，但事实上由于某些缘故'复杂'往往意味着悲哀和伤心（grust' i toska）。"

"但是，难道我就不能做些什么吗？我就不能到处打听打听，或者向大使馆求助……"

"她已经不是英国人了，也从来不是美国人。我告诉你吧，毫无希望。在我复杂的生活里，我们，她和我，关系很近，但是，你想想，卡尔就是不让她留　句话给我，当然也不让她留一句话给你。很糟糕，她已经告诉他你要来，这一点他没办法接受，尽管他竭力让所有没同情心的人同情别人。你看，我

1　法文，这就是生活。

见过你的脸，就在去年——可能是两年前？——两年前，没错——在一本荷兰或者丹麦的杂志上，所以我一眼就能认出你，不管在哪儿。"

"即便留着胡子？"

"噢，胡子根本没让你有什么不同。胡子就像是老式喜剧里的假发或墨镜。我还是小女孩的时候就梦想自己能变成小丑，'拜伦夫人'，或者'流浪者'。不过请你告诉我，瓦季姆·瓦季莫维奇——我是说戈斯珀金·隆——他们没有识破你吗？他们是想利用你吧？毕竟，你是俄罗斯私底下的骄傲。你非走不可吗？"

我摆脱长椅——《人道报》的一些碎片试图跟着我——说道，是的，我最好趁骄傲还没有战胜审慎就离开这儿。我吻了吻她的手，她说这举动她只在一部叫做《战争与和平》的电影里见过。在滴水的丁香花下，我还求她收下一叠钞票，任凭她如何使用，包括准备去索契前买一个手提箱。"他还拿走了我一整套安全别针。"她低声说道，脸上带着灿烂的微笑。

三

　　我不能确定那个戴黑帽子的男人可就是那个同机旅客，当我和多拉以及我们的民族诗人告别，留下后者永远在那里担忧被浪费的水（比较他诗作里的岩居少女"皇村雕像"，为一只破碎但还能盛水的罐子而哀伤），我看见那个人正匆匆走开；但我知道我至少在阿斯托里亚旅馆看见过普夫先生两次，还在卧车通道上见过他，那是一趟夜车，我想赶上最早一班莫斯科至巴黎的飞机。在那班飞机上，他没能坐在我旁边，因为出现了一位美国老太太。她满脸粉红与蓝紫的皱纹，赤褐色头发；我们不停地交谈、打盹、喝"血腥马莎"，她这个笑话可没有得到我们蓝天空姐的欣赏。当我告诉她，我峻拒了俄罗斯旅行社提供的列宁格勒观光游；我没有去偷窥斯莫尔尼宫的列宁纪念馆；没有参观过一座教堂；没有吃过什么"烧鸡"；甚至没有看过一场芭蕾一出表演就离开了那座美丽、太美丽的城市，老哈夫迈耶小姐（这名字好费解）露出惊异的神情，看着真是叫人开心。"我碰巧是，"我解释道，"一个三重间谍，你知道这是怎么回事……""啊！"她惊叫道，身躯做了个挣脱的动作，仿佛想从一个更仰慕的角度观察我。"啊！那简直太刺激了！"

　　我得等一阵子才能登上飞往纽约的班机，有些喘不过气来，但对这次大胆的旅行相当满意（毕竟贝尔的病不算太严重、婚姻不算太不幸；罗萨贝尔肯定正坐在起居室里翻杂志，根据杂志里的好莱坞标准量自己的腿，脚踝8又1/2英寸，小腿12又1/2英寸，光滑的大腿19又1/2英寸；而路易丝则在佛罗伦萨或佛罗里达。）我坐在奥利机场的转机大厅里，嘴边浮出一丝微笑，发现不知是谁在我旁边座位上留下一本平装书，便顺手捡起来。在那个愉快的六月下午我是一只命运之鼠，停留在一家烟酒店和一家香水店之间。

我手里捧的是一本根据美国版翻印的中国台湾（！）版平装本《海滨王国》。我还从未见过这个版本——也不愿意去检查印刷错误，那无疑是损毁被盗版文本的毒瘤。封面印着一幅宣传照，是在新拍的电影里饰演书中人物弗吉尼亚的女童星，与其说为了表现我小说的意义，不如说是为了表现小美女洛拉·斯隆和她手里的棒棒糖。软塌塌的封底上有一段文字拙劣的内容简介，虽然作者是个对该书艺术价值一窍不通的蹩脚文人，但还算忠实地概括了《海滨王国》的主要情节。

伯特伦是一个精神失常的年轻人，不久就会因神经错乱而死于精神病院，他以十美元的价格将十岁的妹妹金妮卖给中年光棍阿尔·加登。这个有钱的诗人带着漂亮的小女孩游遍了美国和其他国家的所有景点。乍看之下——"乍看"一词十分确切——这一情形仿佛是不负责任的变态行为（前所未有的详尽描述），而逐进（拼写错误）演变成温柔爱情的真实对话。加登的感情得到了金妮的回报，当这个美丽少女，最初的"受害者"，年满十八岁时，两人以一场得到热情歌颂的宗教仪式结为伉俪。似乎一切都以一种永恒的幸福告终，满足了最严厉、或者说最冷淡的博爱者的性需求，假如不是性错乱的话，在我们这对幸福夫妻所不能理解的一束（？）相似的生活中，弗吉尼亚·加登郁郁不乐的双亲——奥利弗和（？）——的悲剧命运，机灵的作者尽其所能设法不让他们探知其女儿的黎明（原文如此！）。一部十年一遇的好书。

我刚把书塞进口袋，就注意到那位久违的同行者——和之前一样，蓄着山羊胡——戴着黑帽子，刚从厕所或酒吧出来：莫非他要一直跟踪我到纽约？或者这是我们最后一次见面？最后一次，最后一次。他终于暴露了：就在他走近的那一刻，就在他沮丧地点着脑袋、绷紧的下唇松开喊出"喂！"的那一刻，我就明白了他不仅和我一样都是俄国人，而且与他相貌酷似的那位旧相识正是年轻诗人奥列格·奥尔洛夫的父亲。我是一九二〇年代在巴黎遇见奥列格的，他写"散文诗"（远在屠格涅夫之后），全是些毫无价值的玩意儿。他父亲是个疯疯癫癫的鳏夫，千方百计地企图将那些玩意儿"放进"各个流亡者期刊。经常能看见他在等候室里可怜巴巴地讨好某个焦躁、简慢的秘书，或者在办公室到厕所的路上截住某个助理编辑，或者在堆满杂物的桌子一角痛苦万分地推敲一封特别的信，询问某一首蹩脚小诗惨遭退稿的原因。他死于敬老院，正是安妮特母亲度过晚年的那一家。同时，奥列格加入了一个人数很少的文学社团，以凄惨的流放自由换取诱人的苏维埃浓汤。作为新人，他还有希望。在过去四五十年间，他的最大成就是一堆宣传广告、商业翻译、恶意中伤，以及——在艺术领域中——酷似他父亲的外形、嗓音、举止和不无谄媚的目中无人。

"喂！"他大声叫道，"喂，dorogy（亲爱的）瓦季姆·瓦季莫维奇，用这种卑劣幼稚的手段来欺骗我们伟大热情的祖国，欺骗我们仁慈轻信的政府，欺骗我们辛勤工作的旅行社员工，你不感到羞耻吗？一名俄国作家！到处窥探！隐姓埋名！顺便跟你说，我就是奥列格·伊戈列维奇·奥尔洛夫，我们年轻的时候在巴黎见过。"

"mer za vetz（你这无赖），想干吗？"我冷冷地质问道，他重重地在我左侧的椅子上坐下。

他举起双手，像是在示意"我可没带武器"："没事儿。没事儿。不过是想刺激（potormoshit）你的良心。现在摆着两条路。我们必须做出选择。费奥多尔·米哈伊洛维奇（？）必须亲自做出选择。要么 po amerikanski（以美国人的方式）欢迎你，记者、采访、摄影师、美女、花环，自然还有费奥多尔·米哈伊洛维奇本人（作家协会主席？'监狱'长？）；要么就对你置之不理——我们正是这样做的。顺便说一句：在侦探小说里伪造护照也许很有趣，但我们的人偏偏对护照没兴趣。现在你觉得遗憾吗？"

我作势要移个位子，而他也跟着我一起移动。于是我待着没动，急着想抓到什么来读——外衣口袋里的那本书。

"Et ce n'est pas tout![1]"他继续说道，"作为一名有天赋的俄国作家，你非但没为我们，你的同胞写作，反而背叛了他们，为了讨好你的雇主，编造了这部（用剧烈颤抖的食指戳着我手中的《海滨王国》），这部污秽不堪的小说，编造了什么小洛拉、小洛蒂的故事，先是她的母亲被一个奥地利犹太人还是洗心革面的鸡奸者杀害，然后她自己被那个家伙强奸——不是，对不起，是先和妈妈结婚，然后再把她杀了——在西方大家都喜欢让一切合法化，对不对，瓦季姆·瓦季莫维奇？"

我仍然竭力克制住自己，虽然已经感到愤怒的乌云正在我头脑中膨胀，眼看就要爆发。我说道："你错了。你是个郁闷的傻瓜。我写的小说，我手里的这本小说，是《海滨王国》。而你说的根本就是另外一本书。"

"Vraiment？[2]也许你来列宁格勒只是为了和一位穿粉红衣服的女士在丁香树下聊聊天吧？因为，你知道，你和你那些朋友真是幼稚得惊人。维特洛夫先生［"Mister（先生）"这个词被他的毒舌一说正与"Easter（复活节）"协韵］之所以被允许离开位于瓦季姆——奇怪的巧合——的某个劳改营去接他老婆，是因为他现在已经治好那个不可思议的癫狂症——治好他的那些疑难杂症专家、那些精神病医生，以你们西方sharlatany[3]的哲学观根本就不会了解。哦，没错，dragotsennyy

---

1　法语，不仅如此！

2　法语，真的吗？

3　用拉丁字母转写的俄语，骗子。

（尊贵的）瓦季姆·瓦季莫维奇……"

我挥起左拳对准老奥列格狠狠打去，力量相当大，尤其是如果我们还记得——我挥拳的时候记得很清楚——我们两个的年龄加在一起都一百四十岁了。

然后是片刻沉默，我挣扎着站稳身子（一股不同寻常的冲力让我从座位上跌下来）。

"Nu, dali v mordu. Nu, tak chtozh? (行啊，你都揍我脸。行啊，这有什么关系？)"他用手帕掩住农民式的大鼻子，手帕被鲜血染红了。

"Nu, dali[1]，"他嘴里不停地说着，转眼就消失了。

我看看自己的指关节，红通通的但完好无损。我听听手表。表针疯了一般滴答作响。

1　用拉丁字母转写的俄语，行啊，打。

第六部分

一

　　说到哲学观，当我开始暂时的自我调整以适应奎恩生活的
方方面面时，我想起来在办公室的某个角落还留着一大叠笔记
（关于空间本体理论），是先前准备用来讲述我早年生活和梦魇
的（就是后来的《阿迪斯》）。我还要从办公室里整理、搬走或
者干脆销毁自任教以来积累起的一大堆杂物。

　　那天下午———一个风和日丽的九月下午——我不知怎么心
血来潮，认定一九六九至一九七〇学期将是我在奎恩大学的最
后一个学期。实际上，那天我中断午睡，要求立即与系主任见
面。我觉得他的秘书在电话里听起来很不耐烦；说真的，我
不愿意做任何事先解释，只是半开玩笑地向她吐露说，数字
"七"总令我想起探险者插入北极头盖骨的旗帜。

　　当我步行出了家门来到第七棵白杨树下时，突然想到办
公室里也许会有不少文件需要搬回来，便又折回去开车，然
后却发现图书馆附近很难找到停车的地方，我想把许多已逾
期几个月甚至可能几年的书还回图书馆。结果，与系主任见
面的时间过了一会儿我才到，他新来不久，也不是我的最佳
读者。他有意看了看钟，说他马上要去另一个地方"开会"，
多半是杜撰的。

　　听说我想辞职，他毫不掩饰地露出俗不可耐的喜悦表情，

与其说让我吃惊，不如说是好笑。他甚至都没有听到我出于常规礼节而编造的种种理由（反复头痛、常感无聊、高效现代化录音设备、新作带来的可观收入，等等）。他的态度判若两人——这句套话对他再适合不过。他来回蹀步，眉开眼笑。他猛然粗鲁地捉住我的手。某些挑剔、高贵的动物宁可让捕食者咬下一条腿，而绝不忍受可耻的接触。我走了，任凭系主任拖着一条大理石般的胳膊走来走去，就像抱着盛有奖杯的托盘，不知道该把它往哪儿放。

就这样我大步流星地赶到办公室，一个快乐的截肢者，从未如此急切地清理抽屉和书架。不过，我还是动笔给校长——也是新来不久——留了一张便条，怀着法语所谓的"玩笑"，而不是英语所谓的"恶意"[1]。我告诉他，我的欧洲文学名著一百讲已由一位慷慨的出版商买断，他预付给我五十万美元（有益身心的夸张），因此该课程无法继续向学生开放，谨此致候，不能面谈为憾。

很久以前我就以操守之名摆脱了那张贝希斯坦书桌。取而代之的这一张小了很多，装满便笺、稿纸、公用信封、讲义影印本、一本原想送给同事的精装《奥尔加·雷普宁博士》（却因拼错他的名字而作废），以及一副我的助手（和继任者）沃尔德马·埃克斯库尔的厚手套。还有三盒回形针和半瓶威士忌。从书架上扫入垃圾箱或扫到地板上的有成堆的传阅函件、

1　这两个词都是"malice"。

书刊选印本、一位难民生态学家关于某种鸟类，Ozimaya Sovka（"毁坏冬季作物的小猫头鹰"？）所致破坏的论文，以及装订整齐的流浪汉小说校样（我的小说校样送来时总是装订得像滑腻笨拙的长蛇），充斥着暴力和赌博，自以为是的出版商硬塞给我，希望这个幸运的混蛋会激赏一番。一叠事务函和那篇关于空间的论文则被我塞进一个破旧的大文件夹。别了，学问的巢穴！

巧合，在平常的虚构作品里就像是皮条客和纸牌骗子，但在不平常的回忆录作家记起的各种事实里，却是一位了不起的艺术家。只有傻瓜才认为回忆者会略过某一件往事，是因为那件事太乏味或者太庸俗（比如，和系主任见面就属于此类场景，看看它被多么一丝不苟地记录下来！）。我朝停车场走去，夹在胳膊下——实际上已经取代了我的胳膊——鼓囊囊的文件夹绳子突然断了，里面的东西全都撒在石子路和草地边上。你正好沿着这条校园小路从图书馆那边走来，我们并排蹲下收拾文件。后来你说（zhalostno bylo[1]）闻到我呼出的酒气感到很难受。那位大作家呼出的酒气。

我现在回头看称呼为"你"，但按照生活的逻辑当时的你还不是"你"，因为我们还算不上认识；你成为真正的"你"，是当你接住一张乘风飘起的黄色纸片，故作漫不经心地说一声：

"不，你没有。"

1　用拉丁字母转写的俄语，可怜地。

你微笑着蹲下，帮我把所有东西塞回文件夹，然后问起我女儿的情况——十五年前你和她是同学，我妻子曾让你搭过几次便车。于是我想起了你的名字，在明丽的天光下我看见你如同贝尔的双胞胎妹妹，暗暗地彼此仇视，一色的蓝外套、白帽子，在哪儿等着路易丝开车来接。一九七〇年一月一日，贝尔和你恰好都满二十八岁。

一只黄色的蝴蝶停在苜蓿草尖端，不一会儿便随风飞走了。

"Metamorphoza[1]，"你用优雅动听的俄语说道。

我是否想要几张贝尔的快照（其他快照）？贝尔喂金花鼠的？贝尔在学校舞会上的？（噢，我想起那场舞会了——她选了一个伤心的匈牙利胖男孩作舞伴，男孩的父亲是奎尔顿酒店的助理经理——我现在还能听见路易丝嗤之以鼻的声音！）

第二天早上我们在大学图书馆我的研习小单间里见了面，之后我每天都见你。我不想暗示说，《看，那些小丑！》不会暗示，在你的纯洁、神奇、骄傲和现实的耀眼光彩面前，我那些旧情人会立刻花容憔悴，羽毛暗淡。不过在这里"现实"是关键词；对现实的逐步认知，于我而言几乎是致命的。

现实将被掺入杂质，如果我现在就开始叙述你所知道的、我所知道的、别人无从知道的，以及将永远永远不会被一个客观平淡、百无一用、胡搅蛮缠的传记作家搜寻出来的一切。布隆先生，你的风流韵事进展如何？闭嘴，哈姆·戈德曼！你们

---

1 用拉丁字母转写的俄语，变形。

决定什么时候一起去欧洲？滚开，哈姆！

《见到真相》，我的第一部英文小说，出版于三十五年前！

不过，在这次与子孙后代的面谈中，我可以表露某种为人不齿的小小兴趣。这件令人尴尬的蠢事不值一提，所以我从来没有对你说起过，现在不妨说一说。那是我们离开一家纽约酒店的前夜，大概是一九七〇年三月十五日。你出去买东西了。（"我记得"——我努力回想当时的细节而没有说明原因，这时你说道——"我记得那天我买了一个蓝色拉链箱，非常漂亮"——你轻轻比画着纤细的双手——"后来根本没有用上。"）我站在我们舒适"套房"北端我的卧室里，背靠壁橱镜子，开始做最后的决定。不错，没有你我活不下去；但我是否配得上你——我是说，在肉体上、在精神上？我比你大四十三岁。爬满皱纹的年纪，两道深沟在我眉宇之间刻出一个峰尖。前额上三道水平皱纹，在过去三十年间并不十分明显，所以我的前额还算圆润、饱满、光滑，等待盛夏日晒来淡化两侧太阳穴上的黄褐斑。总之，一个需要拥抱和爱抚的额头。剃了平头后，狮鬃般的鬈发不见了，只剩下不长不短的灰褐色染发。我的宽边大眼镜使下眼睑垂下的老年赘肉更加明显。曾经迷人的绿褐色眼眸，如今已如同牡蛎。鼻子，带着历代俄国波雅尔、德国男爵，或许（假如炫耀其英国血统的斯塔罗夫伯爵果真是我的生父）至少是世袭贵族的遗传，一直保持着笔挺的鼻梁和耸立的鼻尖，却在鼻子前端生出一根可恶的灰白细毛，并在鼻子主人的记忆中越长越快。假牙并不比以前那口歪斜得可爱的真牙好多少，而且"似乎毫不理会我的微笑"（我曾这样告诉一位昂贵但迟钝的牙医，而他听不懂我的意思）。鼻翼两侧各有一道沟痕向下延伸，下巴的垂肉在脸部四分之三处形成平庸的弧度，为任何种族、阶层和职业的老年男人所共有。从列宁格勒回来大约一星期之后，我剃去了浓密的络腮胡和整齐的髭须，我怀疑这么做是否完全正确。不管怎么说，我以为自己这张脸能够通过，给它打了个 C⁻。

我从来就不擅长运动，所以体格的衰弱既不明显也不有趣。我给它打 C⁺，主要是因为自五十年代中期以来，我在撤退与休整的间隙发动了一场针对肥胖的战争，消耗了一封又一封腹部脂肪。除了早年间的精神疾病（我宁可单独处理该问题），我整个壮年时期的健康情况一直很好。

我艺术创作的状况又如何？在这方面我能为你提供什么？正如我希望你回忆的那样，你曾在牛津研究屠格涅夫，在日内瓦研究柏格森，但因为你有家人在美好古老的奎恩和俄国人居住的纽约（那里还剩下一本流亡者杂志仍在愚不可及、含沙射影地谴责我的"变节"），我发现你一直紧紧追随我的俄语和英语小丑，后面跟着一两只吐着血红舌头的老虎，以及一个蜻蜓似的骑象女孩。你还研究过那些废弃的影印本——证明我的方法毕竟还 avait du bon[1]——领教过一班心怀嫉妒的大学教授对影印本的恶毒攻击。

1　法语，有可取之处。

当我脱光衣服，通过乳白色的光线，观看另一面更深远的镜子时，我看到了我用俄语创作的所有书籍，并为眼前的一切而满意甚至激动：《塔玛拉》，我的第一部小说（一九二五年）：一个女孩站在晨霭笼罩的果园中。一位棋圣在《兵吃后》中的背叛。《望月》，一部诗体小说。《投影描绘器》，柔顺的窗帘背后间谍嘲讽的眼神。一个毫无正义的国度里被斩首者的《红礼帽》。以及这一系列作品中最杰出的一部：年轻诗人为《挑战》而写下散文。

我那些用俄语撰写的书已经完成、已经签名、已经塞回产生它们的大脑。每一本都逐渐被译成英语，或是我亲自动手，或是他人翻译而由我指导和修改。那些英语译文的定本以及重印的原版作品现在都将题献给你。这样很好。什么都定了。接下来的图景：

我的英语原版，由激进的《见到真相》（一九四〇年）打头，经过变换视角的《埃斯梅拉达和她的帕兰德如斯》，直到风趣的《奥尔加·雷普宁博士》和梦幻的《海滨王国》。还有短篇小说集《逐出迈达》，一个遥远的岛屿；以及《阿迪斯》，我们相遇时正在续写的作品——那时候，路易丝的明信片（明信片！）潮水般涌来，她终于暗示要行动，我希望她主动采取的行动。

如果说我认为这第二批作品的价值要低于第一批，其中的缘由，有人以为是忸怩作态，有人以为值得赞赏，而我自己则以为实在可悲，不仅如此，我在美国的创作，在我看来有些模糊不清；它们之所以会这样，是因为我知道自己总是希望下一部作品——不仅是正在创作的这一部，比如《阿迪斯》——而是我尚未尝试的那些神奇而独特的作品，最终能够回应某种热望和渴求，这种热望和渴求，在《埃斯梅拉达》和《海滨王国》的零星段落中没有得到满足。我想我能依靠你的耐心。

二

　　我丝毫不想为路易丝被迫离开我而对她作任何补偿；还犹豫是否要将她不忠的细节告诉我的律师以使她难堪。她的不忠行为愚蠢卑鄙，在我仍对她忠贞不贰时就已经开始。这一场小霍勒斯·佩珀米尔所谓的"离婚对话"拖了整整一个春季：其间你和我曾在伦敦小住，剩下的时间则在陶尔米纳度过，我一直不愿谈起我们的婚事（你以高贵的淡然态度对待这一拖延）。而真正令我烦恼的则是我还不得不推迟那篇乏味的告白（人生中的第四次），类似谈话都得以此开始。我很生气。如果向你隐瞒我精神错乱的病情，那真是太可耻。

　　翅膀长眼睛的天使已经提到，巧合使我省去了那套屈辱的冗长说辞，而我在向几位前妻求婚之前却都不得不说一遍。六月十五日，我在瑞士泰辛的冈多拉酒店收到小霍勒斯的一封信，他告诉我一个绝好的消息：路易丝已经发现（如何发现并不重要）在我们婚姻的不同阶段，我都派一个私人侦探（我可靠的朋友迪克·科伯恩）跟踪她去所有那些迷人老城；她和情人的通话录音及其他文件都已落入我律师的手中；她愿意做出任何可能的让步，只求尽快了结，以便再婚——这次是一位伯爵的儿子。就在这具有预言意义的一天，下午五点一刻，我用一支上好笔尖的钢笔，以最小的正楷字体，在七百三十三张中

245

等大小的优质卡片上（每张可写大约一百个单词）完成了《阿迪斯》的誊抄，这是一部程式化的传记作品，讲述了一位伟大思想家备受呵护的童年时代以及激情燃烧的青年时代，在该书末尾他解决了本体论中最棘手的难题。开头的某一章描写了我和"空间幽灵"的争执（措辞的个人色彩明显，带着深受折磨的语气）以及"方位基点"的神秘。

到五点半的时候，为了庆祝，我已经干掉了大部分鱼子酱和冰箱里的所有香槟。当时我在冈多拉酒店草坪上我们的平房里。我看见你就在游廊上，便说我希望我马上花一个钟头，用全副精神读一读……

"我读任何东西都用全副精神。"

"——《阿迪斯》里这三十张卡片。"读完之后我想你出来正好能在哪儿遇到我傍晚散步返回：我的散步路线总是如此——先溜达到斯巴达车站喷泉（十分钟），然后到松园边（也是十分钟）。我走了，留下你斜倚在躺椅上，阳光将游廊窗户的紫晶菱形复制在地板上，挡住了你裸露的小腿和交叉的双脚脚背（右脚大脚趾不时抽动，与阅读节奏或情节曲折有着某种联系）。只需几分钟你就会知道（在你之前只有艾丽斯知道——其他人都太迟钝）在答应做我妻子之前我希望你知道的一切。

"过马路，要当心，"你说话的时候连眼皮都没有抬，但紧接着却抬起头，微微噘起嘴唇，又重新回到《阿迪斯》中。

哈！有点绕道了！那真是我吗，瓦季姆·布隆斯基王子，一八一五年和普希金的导师卡纬林斗酒赢了他？在金色的阳光下酒店庭院里的所有树木看上去都像是南洋杉。我祝贺自己采取了绝妙策略，虽然并不清楚这究竟是与我第三任妻子有案可查的寻欢作乐有关，还是因为借了书中某个家伙之口来表露我的病情。芬芳清新的空气渐渐对我产生益处：我的鞋底更有力地踏着碎石和沙砾、泥土和石块。这时我才意识到我出来时竟穿着皮拖鞋和一身破旧褪色的牛仔装，而滑稽的是，一个口袋里揣着护照，另一个口袋里揣着一叠瑞士钞票。冈迪诺或冈多拉（不管这小城叫什么）当地居民都认识《海滨王国》[1]的作者，因此要是我为读者准备暗示和深思以免汽车果真撞上我，那就实在是愚蠢透顶了。

很快我就觉得自己多么幸福快乐，所以当我在到达广场前经过路边咖啡店时，我认为不妨去喝上一小杯来稳定仍在体内上升的那股活力——但我犹豫了，最终还是无动于衷地走了过去，我知道你温柔而坚决地反对哪怕是最清白的饮酒。

向西延伸越过交通岛的一条街在跨过奥尔西尼大道之后，就仿佛完成了一项壮举而精疲力竭一般，立刻沦落成一条尘土扑飞的老路，两边长满杂草，连人行道也没有。

我不记得多年来因感动而说过的一些话，现在我可以说出来：我的幸福很完整。我一边走，一边和你一起读那些卡片，随着你的节奏，你的食指轻揉我粗糙蜕皮的太阳穴，而我皱纹

1　这里作者分别用了《海滨王国》的意大利语（*Un regno sul mare*）、德语（*Ein Königreich an der See*）和法语（*Un Royaume au Bord de la Mer*）译名。

累累的手指按着你太阳穴的青脉。黑翼铅笔在你指间旋转，我抚摸着它的每一面，我抬起膝盖，抵住已有五十年历史的折叠棋盘，那是尼基弗尔·斯塔罗夫的礼物（大部分贵族都在厚毛呢衬里的红木箱子里被损坏得厉害！），搁在你那绘着鸢尾花图案的裙子上。我的视线跟着你的视线而移动，我的铅笔跟着你在页边留下的淡淡小叉，对一个语病提出疑问，但我已无法将它看清，因为眼里噙着泪水。幸福的泪水，顾不得难为情的喜悦的泪水！

一个戴着护目镜的骑摩托车的傻瓜，我以为他已经看见我并且会放慢速度让我平安穿过奥尔西尼大道，可他为了避免撞上我竟突然慌慌张张地改变方向，很不体面地左摇右摆，最后在不远处面对我停下。他愤怒地大吼，我毫不理会，继续笃悠悠地向西走去，走进前面提到的完全不同的环境中。这是一条乡村旧路，路两边的小别墅都掩映在高大的花丛和铺展的树木间。西侧一扇边门上贴着一块长方形纸板，上面用德语写着"房间"；对面一棵老松树上挂着一块牌子，用意大利语写着"出售"。还是在左侧，一个更世故的房主提供"午餐"。而远处则是一片碧绿的松林。

我的思绪又回到《阿迪斯》。我知道你正读到那个古怪的精神缺陷，它会令你痛苦；我也知道，把它说出来，对我而言只是例行公事，不会阻碍我们共同命运的自然发展。它是绅士风度的体现。事实上，这也许可以弥补你尚未知道的一切，弥补我必须告诉你的一切，弥补我"摆平"路易丝的小伎俩

（gnusnovaten'kiy sposob）——我怀疑你会以为它们不算太光彩。好吧——但《阿迪斯》怎么样？且不管我那扭曲的头脑，你究竟是喜欢它还是嫌恶它？

在脑海里构思全书，然后释放内心的文字，用铅笔或钢笔记录下来，我发现最后的文本一度还是忠于记忆的，清晰、完美得如同灯泡在视网膜上的漂动痕迹。所以我能够重映你正在阅读的那些卡片的真实图像：它们被投射到我想象的屏幕上，连同你的黄宝石戒指和闪动的睫毛，我也能够算出你读到什么地方，不仅是借助手表，而是一行接一行，读到每张卡片的右手边缘。图像的清晰和作品的质量密切相关。你对我的作品简直太熟悉了，不会因为一个过于大胆的情色细节而不安，也不会因为一个过于深奥的文学典故而恼怒。以这种方式和你一起读《阿迪斯》，以这种方式战胜那块将我行走的道路与你的躺椅分割开的彩色空间，真是一件再愉快不过的事。我是杰出的作家吗？我是杰出的作家。那条装点着雕塑和紫丁香的大街，埃达和我曾在那儿的斑驳沙地上画下最初的圆圈，一位价值永恒的艺术家对它进行了想象和再度创作。也许后来会出现一种可怕的怀疑，怀疑《阿迪斯》——我最个人化的作品，沉浸于现实、渗透着太阳的斑点——也许是不自觉地模仿了他人的某件超凡脱俗的创作；而眼下——一九七〇年六月十五日下午六点十八分，在瑞士泰辛——什么也无法损伤我闪亮润泽的幸福。

现在我正接近日常餐前散步的最后时刻。打字员噼里啪啦打完最后一页的声音透过纹丝不动的树叶从一扇窗户里传来，使我愉快地想起已经很久不用雇人为我准确无误的手稿打字了，因为呼的一声就能把它们复制出来。现如今是由出版商承担把手稿转变成印刷稿的任务；而我知道他不喜欢这道程序，就像一位学养深厚的昆虫学家讨厌看到昆虫违规跳过某个普遍遵守的变形阶段。

再走不了几步——十二、十一——我就该往回走了：我感到你也正从反方向进行着远距离感知，我感到精神一松，就知道你已经读完那三十张卡片，将它们按顺序排好，在桌上轻叩卡片底部把它们放整齐，发现一旁摆成心形的橡皮圈，将卡片绑好，放到我书桌的安全地带，然后准备去路上接我返回冈多拉酒店。

一堵齐腰高的灰砖矮墙，大腹便便，砌成普通横断扶墙的形状，将这条城市街道完全阻断。一条供行人和自行车通过的窄道从扶墙中央穿过，保持着自己的宽度，拐过一两个弯之后滑入一片相当茂密的幼松林。当灰蒙蒙的清晨，湖畔或池畔景致一无可观时，我和你就去那儿散步；但那天傍晚，我只是像往常那样停步在扶墙前，平静地站着，面对低垂的夕阳，摊开双手抚摸窄道两侧光滑的墙面。触感，或是刚才听到的噼啪声，恢复并完整了我那七百三十三张十二厘米乘十点五厘米优质卡片的形象，卡片上的文字你将逐章读完，由此产生巨大的愉悦，扶墙的愉悦，使我的工作更臻完美：我的脑海中浮现出一个简洁雄浑而坚实——祭坛！台地！——的形象，那是我们酒店一间办公室里闪闪发光的复印机。我那容易轻信的双手仍然张开着，但脚底下已感觉不到松软的泥土。我想回到你身边，回到现实生活，回到紫晶菱形窗前，回到游廊桌上的铅笔旁，但我做不到。曾在思想中发生的一切，此刻已永远成真：我无法转身。转身意味着围绕轴心转动整个世界，那就像时光倒流般毫无可能。也许我不该恐惧，也许我应该静静等待麻木的四肢恢复知觉。但我没有，而是——或许只是想象——猛然一扭，而地球并没有鼓起。我一定悬在空中，仿佛振翅高飞的雄鹰，然后才仰面倒在难以言喻的大地上。

第七部分

一

　　有一个古老的规则——太古老太俗套，我一提起来就脸红。不妨用它胡诌两句——成为名副其实的陈词滥调：

　　书中的我
　　不能死于书中。[1]

　　我说的当然是严肃小说。在所谓扶乩占卜小说里，冷静的叙述者在描述了自己的死亡之后会继续这样说道："我觉得自己站在一扇金质大门前的条纹玛瑙台阶上，周围簇拥着其他秃头天使……"

　　漫画玩意儿，民俗垃圾，对珍贵矿石的可笑的返祖崇拜！
　　不过……
　　不过我感觉在轻度瘫痪（如果的确是这个病）的三个星期里我获得了一些经验；如果黑夜果真来临我也不会毫无准备。身份的问题，即使没有彻底解决，至少也已经设定。艺术洞察力已经获得。我被允许带上调色板去那遥远、模糊、不确定的世界。

　　加速！假如我能将死亡的定义告诉目瞪口呆的渔夫，告诉不再抓一把草擦拭镰刀的割草人，告诉慌乱地抱紧绿堤上小柳树的骑车人——他已经带着车子和女友攀上对岸一株更高的树顶，告诉在我整个滑行过程中像人一样露出满口假牙惊愕地瞪着我的黑马，那么我就会大声喊出一个词：加速！并非那些乡下目击者所有过的那种。我印象中极为惊人、不可思议、说实话相当愚蠢而可耻的速度（死亡是愚蠢的，死亡是可耻的），也许已经被传递到一个完完全全的虚无中，没有一个渔夫在流泪，没有一片草叶因被割除而流血，也根本没有任何参照符号。想象一下，我，一位年迈的绅士、著名作家，仰面倒下，快速滑行，紧随我伸展的麻木双脚，先穿过墙上的缺口，然后穿过松林，沿着迷雾蒙蒙的草甸，穿过迷雾边缘，向前、向前，想象这一幕！

自婴儿时期开始，疯狂就埋伏在某一棵桤木、某一块卵石后面等着我。我渐渐习惯了被那些警惕的眼神注视的感觉，它们乌贼一般随着我的路线而动。不过我也知道疯狂不仅会装扮成邪恶的幽灵。我还看见它会是一闪而过的愉悦，那么充分又那么破碎，使我觉得被它寄居的物体一旦消失就是一种逃避。

出于实用目的，比如使体-脑和脑-体保持普通的平衡状态，而不致危及性命或成为朋友或政府的负担，我更喜欢潜在的变体，那种可怕的警惕眼神最多表现为神经痛、痛苦的失眠、与无生命事物的搏斗（它们从不隐藏对我的憎恨——脱落而屈尊被找回的纽扣，回形针，偷偷摸摸的奴仆，不满足于拿

1　原文为：The I of the book / Cannot die in the book.

几份单调的信件，而设法从另一批信中抓到珍贵的一封），而最糟糕的则是突然发作的空间痉挛，就好像看牙医却变成滑稽晚会。我宁可接受这些打击混作一团，也不希望疯狂混杂在一起，在它佯装用特殊的灵感、精神的狂喜，诸如此类，装饰我的存在之后，就将不再围绕我舞动飞行，它将扑到我身上，使我伤残，并最终将我毁灭。

二

　　在大发作之初，我一定是从头到脚都彻底丧失功能，而我的脑子，掠过我周身的形象，思维的味道，失眠的气氛，却仍然像往常一样敏锐和活跃（除了中间的污点之外）。当我被飞机送往法国海滨的勒库尚医院时（由该院院长的一位瑞士亲戚热菲尔医生竭力推荐），我开始意识到一些奇怪的细节：我头部以下被微弱触感区分开的对称区域出现麻痹瘫痪症状。在入院治疗的第一周，我的手指"苏醒"了（这一情形惊吓甚至激怒了勒库尚医院的贤哲、治疗麻痹性痴呆的专家，他们建议你赶紧将我送往一家更宽容的异国医院去——你照办了），我摸索着身上有知觉的部位，觉得很有趣，这些部位总是对称的，比如前额两侧、上下颚、眼眶、乳房、睾丸、膝盖、侧腹。在一般观察层面上，生命体每一部位的平均大小从未超过澳大利亚国土面积（我有时会觉得那很大），也从未缩小到（当我本人缩小时）低于一块中等荣誉奖牌的直径，在此基础上我感觉全身皮肤就像一张豹皮，出自一个家庭破裂、手法细腻的疯子之手。

　　关于那些"触感对称"（对此我仍试图与一本回复不太积极的医学刊物保持通信，该刊物挤满了弗洛伊德信徒），我想将最初那些一式两份出现在我行动着的身体左右的图像结构和平实原始的形象，放置在我幻觉正对的画板上。比如，假如安妮特提着空篮子从我身体左侧登上公共汽车，那么她就会从我右侧下车，提着满满一篮蔬菜，黄瓜上压着一棵花椰菜。随着时间的推移，那些对称被更为复杂的互相回应所取代，或者以一个给定形象的缩影而重现。优美的场面常常伴随着我神秘的旅程。我瞥见贝尔下班后在社区托儿所一群光着身子的婴儿中间疯了一般寻找她自己的头胎婴儿，孩子十个月大，身体两侧和细小的双腿上对称地长着红色湿疹，很容易辨认。一个臀部肥硕的泳者一只手拨开她脸上几缕湿发，另一只手（在我头脑的另一侧）推开一张木筏，木筏上仰面躺着我这个一丝不挂的老头儿，前桅缠绕着一块破布，滑入一轮圆月，蛇一般的月影在睡莲中摇动。一条长长的隧道将我吞没，半是许诺远端有一小圈光线，半是信守许诺，露出一抹宣传品似的晚霞，但我一直没有走到那里，隧道消失了，一片熟悉的雾霭再次降临。就像在那个季节里，一群群无所事事的聪明人来到我床前，在一间展厅里放慢速度，艾弗·布莱克扮演一名时尚的年轻医生将我展示给三位扮演交际花的女演员：裙摆飞旋，她们在白色椅子上坐稳，一位女士指着我的腹股沟，手里冰凉的扇子险些触到我，多亏博学的摩尔用象牙教鞭将扇子拨开，于是我的木筏继续其孤独的滑行。

　　无论谁来记录我的命运都会有无聊乏味的时刻。有时，我的快速航程成为寓言高度上的神圣之事，具有令人不快的宗教含义——除非航程仅仅反映借商用飞机运送尸体。随着我的怪异旅程接近终点，我的脑海里逐渐确立起一种多少有些正常交替的昼夜概念。昼夜效果首先由护士及其他舞台工作人员尽一切可能搬动可移动物品而间接取得，比如用镜面反射人造星光，或每隔一段时间到处涂抹霞光。以前我从未想到过，就历史而言，艺术品，或至少人工制品，是先于大自然存在，而不是模仿大自然的结果；但那的确符合我的情形。就这样，在笼罩我的遥远寂静中，清晰可辨的声音首先在真实场景（比如，科学喂养仪式）拍摄期间，在视觉上产生于声音轨道的空白处；最后飘动的彩带诱使耳朵代替了眼睛；终于听觉回归——彻底回归。护士发出的第一次沙沙声如同清脆的雷响；腹部第一次蠕动，铙钹铿锵作响。

我应当向那些灰心丧气写讣告的人以及所有医学知识爱好者提供一些临床说明。我的肺和心脏都运转正常，或者说在设备帮助下运转正常；肠道——我们体内奇迹剧的丑角——也是如此。我的躯体平躺着，就像在大师解剖课上。防止褥疮的措施简直就是一种躁狂，尤其在勒库尚医院，例证就是一味要用枕头和各种医疗器械代替一种不治之症的理性治疗。我的身体"安睡着"，就像巨人的脚一般"安睡着"；不过，更确切地说，我正处于可怕的长时间（二十夜！）失眠，大脑始终保持警醒，像是马戏表演中"不眠斯拉夫"的大脑，我曾在《写真报》上读过相关报道。我甚至不是一具干尸；我是——至少在开始时——一具干尸的躯干部分，或者简直就是干尸最薄切片的浓缩。那么头呢？——长着头的读者肯定嚷嚷着想知道。这么说吧，我的额头就像模糊不清的玻璃（两侧污点还没来得及擦干净）；嘴巴仍然麻木而无法说话，直到我意识到自己能够感觉舌头的存在——感觉舌头就像一种虚无缥缈的鱼鳔，可以帮助呼吸困难的鱼，但对我毫无用处。我有时间感和方向感——这两者是可爱的家伙用来帮助可怜疯子的最善意的谎言，可以肯定地说，它们在身后世界中是一种孤独现象的两个相当独立的阶段。我的大脑导水管（有点技术性了）似乎在偏离轨道或被水浸没之后，向下楔入安置其最亲密盟友的结构中——奇怪的是，它也是我们最卑微的感觉，最容易有时也最乐意省却——噢，我是多么憎恨它，当我无法将它化成乙醚或粪便，噢（为之前的"噢"喝彩），我是多么感激它，当我喊出："咖啡！"或"海滩！"（因为那种叫不出名字的药物，气味就像五十年前艾丽斯在戛尼斯涂抹在我背上的药膏！）

现在来段小插曲：我不知道自己是否总是瞪大双眼，如同某个走到走廊书桌前的记者所想象的那样，"目光呆滞、傲慢而恍惚"。但我非常怀疑能否眨眼——没有润滑油，视觉引擎很难发动。然而当我顺着虚幻的运河和仙境滑行，当我在另一块大陆上方滑行，我确实不时透过眼睑下的幻景瞥见一只手的阴影或某件器具的闪光。至于我的听觉，它仍是一个顽固的幻想世界。我听见陌生人嗡嗡的说话声，他们在谈论我写的或以为是我写的所有作品，他们提到的一切，书名、人名，喊出的每一个句子，都因恶魔学者的神志失常而遭到荒谬的歪曲。路易丝讲了一个拿手故事来取悦大家——我称之为"沽名钓誉的故事"，因为看上去它们只是为了达到某一点——比如，在聚会上作交换——但其真正用意却是引出她某位出生高贵的"老朋友"，或是某位政坛明星，或是政坛明星的表弟。精彩的研讨会上宣读了精深的论文。在幸运的一七九八年，才华横溢的年轻诗人加夫里拉·彼得洛维奇·卡米涅夫模仿《伊戈尔远征记》创作了一首英雄史诗，人们听见他在暗自轻笑。在阿比西尼亚[1]某地，酩酊大醉的兰波正向一个满脸惊讶的俄国游客背诵诗作《喝醉的有轨电车》(... En blouse rouge, à face en pis de vache, le bourreau me trancha la tête aussi[2] ...)。不然我就会听到窘迫的背诵者在我记忆的口袋里发出不满的嘘声，告知时间、节奏、韵律，谁能想到我还会再听见这些?

我还应该指出我的肉体保持着良好的形状：没有韧带撕裂，没有肌肉僵硬；在造成我此番旅程的荒谬崩塌中，脊髓也许有轻微损伤，但是还在，支撑着我，保护着我，宛如半透明的水生动物的原始组织。而我不得不接受的治疗（特别是在勒库尚医院中接受的治疗）则表示——如现在重现的——我受的伤都是生理上的，仅仅是生理上的，只有用生理方法才能治愈。我说的不是现代炼金术，不是注入我体内的神奇春药——这些东西也许果真多多少少起了些作用，不仅对我的身体，而且对深埋于我体内的神性，仿佛野心勃勃的巫师或浑身战栗的大臣进谏疯狂的皇帝；我难以淡忘的是一些铭记在心的形象，

1　Abyssinia，埃塞俄比亚的旧称。
2　法文，穿着红色的罩衫，面向奶牛的乳房，刽子手也砍落我的头颅。

比如该死的捆住我四肢的绳子和带子，让我仰面躺着动弹不得（防止我在自己感觉可以时划动胳膊下的橡皮筏逃走），甚至还有人造电动水蛭，蒙面刽子手将它们系在我的头和四肢上——最后被加利福尼亚卡特帕尔特的圣人——H. P. 斯隆教授——赶走，当我身体刚有好转，他就开始怀疑我有可能被治愈——也许已经被治愈！——通过催眠以及催眠专家的幽默感。

三

据我所知，我的教名是瓦季姆；那也是我父亲的教名。最近签发给我的美国护照——一本精致的小册子，绿色封面上饰有金色图案，打着一组数字00678638——没有提及我的家族姓氏，它却一直出现在我几个版本的英国护照上。青年、成年、老年，直到最后一本被友善的伪造者——其实心底里极爱开玩笑——毁损而难以辨认。一天夜里，我把它们全都重新收集起来，就像某些脑细胞，原先被冷冻的，现在再次绽放。然而，其他那些却仍然缩拢着，仿佛花蕾迟迟不肯开放，尽管我已能够自如地在床单下捻弄（大病以来第一次）脚趾，但就是无法在脑海深处的黑暗角落里找到我的俄国姓氏。我觉得首字母应该是 N，就像那个词汇，意思是词句会在灵感降临之际自然流出，仿佛显微镜下新鲜血液里的红血球——这个词我曾在《见到真相》中用过，但记不起来了，似乎与一套硬币有关，和资本主义有关的比喻，呃，马克思？是的，我感觉我的姓氏肯定以字母 N 开始，与一个也许是臭名昭著的（诺托罗夫[1]？不是）作家的姓氏或笔名有某种令人作呕的相似之处，他是保加利亚人，或是巴比伦，或者，也许是猎户座，我经常将他和其他星系的心志不定的流亡作家混为一谈；但我就是不知道它究竟是内贝斯尼亚、纳贝德林，还是纳布里德泽（纳布里德泽？滑稽）。我不希望让自己的意志力负担过重（滚开，纳博克罗夫特），所以就此放弃——但也许它的第一个字母是 B，n 只是依附在后面，就像什么走投无路的寄生虫？（波尼德泽？布隆斯基？——不，那都是宾特的事。）我是否拥有高加索皇家血统？为什么我收到的关于伦敦版《海滨王国》（这书名真够轻快）的剪报中会突然出现一个英国政治家纳巴罗先生的名字？为什么艾弗会叫我"麦克纳博"？

我没有名字，尽管已经恢复意识，但我这个人仍然显得那么不真实。可怜的维维安，可怜的瓦季姆·瓦季莫维奇，不过是出于某个人的想象——甚至都不是我本人的想象。一个可怕的细节：当俄语说得飞快时，姓和名的冗长组合经常会变得含糊不清：所以"帕维尔·帕维洛维奇"，保罗，保罗之子[2]，说得随便的话，听上去就像"帕尔帕尔里奇"，而拗口的、绦虫般的"弗拉基米尔·弗拉基米洛维奇"说出来就会像是"瓦季姆·瓦季米奇"。

我放弃。而正当我放弃的时候，那响亮的姓氏却悄悄从后面爬上来，就像一个小调皮突然大喝一声，把止在瞌睡的老用人吓得跳起来。

还有其他问题。我在哪里？那束微光是怎么回事？黑暗中如何凭触觉区分灯的按钮和钟的按钮？除了我自己的身份，那

---

1 Notorov（诺托罗夫）与 notorious（臭名昭著）谐音。

2 Pavel Pavlovich（帕维尔·帕维洛维奇）在英文中相当于 Paul, son of Paul（即"保罗，保罗之子"）。

另外一个人，向我许诺的，究竟什么是属于我的？我能确定两扇窗上蓝色窗帘的位置。为什么不把它打开？

Tak, vdol' naklónnogo luchá
Ya výshel iz paralichá

沿着倾斜的光线，像这样
我悄悄地走出瘫痪。

——如果"瘫痪"一词不是过于强烈地表达出模仿它的那种情形（暗中得到病人的帮助）：一种古怪但不算太严重的精神错乱——或至少是看来如此，要是以轻松的心情来回忆的话。

我根据某些指数来准备应对头晕和呕吐的发作，但是，在康复的第一天夜里，当我——带子已被解开，没有别人在场——兴高采烈地走下床，却没有料到自己的双腿这样不听使唤。可恶的地心引力立刻使我蒙羞：双腿一屈便被压在身下。夜班护士应声赶来，扶我回到床上。之后我很快入睡。此前此后我从来没有睡得如此香甜。

醒来时我发现一扇窗子洞开。我的头脑和眼睛这时已经能敏锐辨认出床边桌子上的药物。我注意到有几位来自另一个世界的旅客被困在那些可怜的物品中：一枚透明的信封，一方被工作人员发现并洗净的非男用手帕；一支可塞入化妆包圆孔的小巧的金色铅笔；一副小丑太阳镜，不知怎么看上去不是用来遮挡强光，而是用来遮挡哭肿的眼皮的。这组物件引燃了感觉的灿烂烟火；紧接着（巧合仍在我这边）我房间的门动了：悄无声息的细微移动，悄无声息的短暂停顿，然后是缓慢、绝对缓慢的继续移动，仿佛一串钻石般的省略号。我发出快乐的呼喊，"现实"走了进来。

四

我计划以下面这个温和的场景来结束这部自传。我坐着轮椅，来到我住的第二家也是最后一家医院特别康复中心的玫瑰缠绕的走廊。你正倚在我身边的安乐椅上，姿势与我六月十五日在冈多拉离开你时几乎完全一样。你乐呵呵地抱怨说，住在厢房底楼你隔壁房间的一个女人有一台留声机，总是在播放鸟叫声，她希望这能让医院公园里的嘲鸫模仿她德文郡或多塞特郡老家的夜莺和画眉鸟的叫声。你很清楚我希望发现什么。我们都在闪烁其词。我让你注意攀缘而上的玫瑰有多美。你说"在天空的衬托下（na fone neba）什么都会很美"，又为引用"格言"而道歉。最后，我尽量装作随意地问你是否喜欢《阿迪斯》的那个片段，我出去散步之前让你读，返回却已经是三个星期之后至加利福尼亚卡特帕尔特。

你别过脸去。你眺望着淡紫色的群山。你清一清喉咙，大胆地回答说你一点都不喜欢。

意思是她不愿意嫁给一个疯子？

意思是她愿意嫁给一个能区分时间和空间的正常人。

请解释。

她极想读到手稿的其余部分，但那一部分必须报废。它一点都不逊色于我写的任何文字，但偏偏毁于一个致命的哲

268

学错误。

年轻、优雅、魅力无穷却可惜相貌平平的玛丽·米德尔过来说，喝茶的铃声一响，我就必须回房间去。还有五分钟。另一名护士从阳光斑驳的走廊一头向她招手，于是她翩然而去。

住在这里的（你说道）全都是奄奄一息的美国银行家和绝对健康的英国人。我曾经描述过一个人想象他最近一次傍晚散步。散步是从 H 点（代表家或旅馆）到 P 点（代表扶墙和松树林）。流畅地按顺序想象路边事物——孩子在别墅花园里荡秋千，洒水器在草坪上旋转，狗在追逐湿漉漉的皮球。叙述者在头脑中到达 P 点，停下来——然后陷入沮丧和迷茫（我们将看到这很不合情理），因为他无法在头脑中向后转，从方向 HP 转入方向 PH。

"他的错误，"她继续说道，"他的病态错误其实非常简单。他混淆了方向和时间。他说的是空间但指的却是时间。路线 HP 留给他的印象（狗追上皮球，汽车停在下一幢别墅）都是指一系列按时间发生的事件，而不是孩子按照旧方法重新堆起的彩色积木。想象自己走完路程 HP，占用的是他的时间——哪怕只是一小会儿。当到达 P 点时，他已聚积起时间长度，这使他深感负担！他难以想象自己向后转，这为什么会显得如此不同寻常？没有人能够用物质的词汇来想象时间顺序的逆转。时间不可逆转。逆转只会用在电影里，为了产生滑稽效果——复原打碎的啤酒瓶——"

"或者朗姆酒瓶。"我接口道，这时铃声响起。

"好极了，"我说道，一边摸索着轮椅杆，你推着我返回房间，"我很感激，我很感动，我痊愈了！不过，你的解释只是一套巧妙的遁词——这你也知道；但是不要紧，试图逆转时间，这一概念是一种 trouvaille[1]；它就像是（亲吻按在我袖子上的小手）物理学家导出漂亮的公式，好让大家开心（打着哈欠爬回床上），直到被后来的家伙夺下粉笔。他们同意我来点朗姆酒伴茶——锡兰和牙买加，姊妹岛（舒坦地喃喃自语，打起瞌睡，喃喃声渐渐消失）……"

1　法语，新发明。